Una Noche de Espíritus y Secretos

Una Noche de Espíritus y Secretos

Cuentos de Espectros y Ausencias

Relatos De

Nerea Bosch

Luis Gómez

Covadonga González-Pola

Laura P. Larraya

O. M. Molina

Óscar Navas

Ángela Pinaud

Primera edición:
Diciembre 2024

Composición de portada:
José Luis del Río
Imágenes de © Adobe Stock, 2024
Montadas en © Adobe Photoshop, 2024

ISBN: 978-84-129347-5-5
DL: M-28167-2024

Impreso en España

«Presente: parte de la eternidad que divide los dominios de la decepción de los del reino de la esperanza».

Ambrose Bierce
El diccionario del Diablo

Índice

El brillo de las reliquias

Covadonga González-Pola

Para Ana y José, por acogerme
y darme la ilusión de descubrir Sayago

—Quiero seros sincera: lo último que esperaba de esta familia era que la noche de Reyes os pusieseis hablar de experiencias paranormales. No sabía que mamá había tenido tres sueños que se habían cumplido, ni eso de las luces que se juntaban y se paraban en el puerto de la Morcuera que dice papá que vio una noche conduciendo. Cuando Alex se aficionó a echar el tarot, no tenía ni idea de que se le había cumplido una tirada. Aunque una de un millón, no sé si es una buena estadística —me burlé mirando la cara de fingida ofensa que me puso mi hermano mayor y agradeciendo la suave carcajada de su mujer.

»Lo que sí me creo es que cuando Diana ve a dos personas interactuar sepa si se gustan o no. Aunque no sé si esto entra en la categoría de lo paranormal, hermanita.

Diana me sacó la lengua mientras se servía el tercer chupito de pacharán. Mientras tanto me dijo que, entonces, sería un superpoder.

—Pero esto de que tengáis la mente abierta a *lo posible* me alivia mucho. Porque a mí también me pasó *algo.* Y es que llevo diez años dudando si contaros esto o no... O si quizás, en realidad, debía irme directa a ingresar en algún hospital por episodios psicóticos.

«¡Diez años!», exclamó mi madre. Todos se fueron mirando entre ellos, sorprendidos. Mi padre me relleno la copa de vino blanco, me la entregó y me animó a que hablase. Todos escucharon con atención:

—Aunque no sé si lo creerían, porque significaría admitir que mis momentos de locura suceden siempre exactamente el mismo día del año... Curiosamente, esta noche.

Se volvieron a mirar, esta vez con más inquietud.

»Sin embargo, la historia de lo que me pasó no comienza en Navidad, sino unos meses antes, poco después de haber cumplido los diez años. Era verano e hicimos aquel viaje a Alemania.

»Nunca jamás olvidaré la visita a la catedral de Colonia. Quizá, con el permiso de las catedrales de Burgos y Oviedo, sea lo más espectacular que he visto nunca. Aunque a esa edad me interesaban otras cosas. Me habría quedado fuera con aquella niña de color con la que estuve jugando al fútbol mientras hacíamos la cola de entrada, o charlando con el guía turístico con perilla castaña que era algo más joven que papá mamá y que estaba explicando algo sobre un pirata delante del pórtico principal, o al lado de aquel hombre mayor...

»Sí, tendría unos cincuenta años, pero para mí eso era *muy mayor*. El simpático hombre mayor que hacía bailes con pequeñas marionetas a cambio de *la voluntad*.

Doy un trago de vino mientras mamá elogia mi memoria, cosa que hace por lo menos una vez a la semana.

—Pero no —continué—, teníamos que entrar en la visita excepcional de ese día. Porque ese es el único día en que se abre el relicario...

—¡De los Reyes Magos! —dijeron todos a coro menos mi cuñada.

—Eso es. Y encima hacían visitas guiadas en varios idiomas, incluido el español. Los huesos de los Reyes Magos, entregados por el pirata Barbarroja al arzobispo nosequién y que descansaban en esas urnas de oro en medio del altar mayor. Y nosotros teníamos que estar allí precisamente ese día, en que se abría el dichoso relicario y nos contarían que había dentro un esqueleto de un infante de unos diez años y dos varones: uno de aproximadamente treinta años y otro de cincuenta.

»No pude escuchar más porque me quedé tan impresionada, tan asustada… ¿en *shock*, quizás? Porque así fue como me enteré *de lo de los Reyes Magos*. Diana era muy pequeña aún y estaba a lo suyo, jugando con su muñeco de dinosaurio y Alex, que ya lo sabía, os llamó la atención al ver mi cara. Pero vosotros le dijisteis que esperaríais a que terminara la visita y me observaríais para ver si me había dado cuenta.

Mi madre se secó un par de lágrimas que se le escaparon de los ojos y me preguntó si, entonces, me había enterado así de lo demás que tenía que ver con la noche de Reyes.

—¿Te refieres a que los Reyes Magos no eran los que traían los regalos? Ojalá aquello hubiera pasado por mi cabeza en primer lugar. Fue mucho peor: así fue como me enteré de que los Reyes Magos *estaban muertos*. Me pasé el resto del verano dándole vueltas al tema, sobre todo antes de dormir.

»No se lo dije a nadie más que a Pili, mi mejor amiga del cole, al volver a clase en septiembre. Ella indagó entre sus hermanos mayores y descubrimos que los regalos los compraban los padres.

Mi padre murmuró un «qué desastre» y se levantó para servirse un whisky.

—Esperad, que solo acabo de empezar.

»Las siguientes navidades me propuse quedarme despierta por la noche para pillar a papá y a mamá *in fraganti*. Pero, al final, me quedé dormida antes de tiempo. Estaba triste y preocupada. Después de lavarme los dientes encontré a mamá llorando y me dijo que aquellas primeras navidades sin la abuela se le estaban haciendo muy difíciles.

»Así que me fui a dormir algo triste y pensando en mamá llorando y en que la abuela, como los Reyes Magos, también estaba muerta. Y a mí también me daba mucha pena, tanta que lloré un buen rato. Eso debió de cansarme más de lo normal y me quedé dormida.

»Cuando desperté de madrugada recordé de golpe mi plan y me incorporé en la cama, preguntándome si estaría aún a tiempo de cazaros poniendo los regalos en el salón.

»Había dejado la puerta ligeramente entreabierta a propósito, porque la cortina de fóscurit tapaba los cristales translúcidos de la misma y por ahí no podía intuir nada. Pero por el estrecho hueco sí vi pasar una silueta y luego otra y luego… en fin, conté cinco. Pensé que a lo mejor Álex y Diana se había levantado, pero aun así habrían sido tres las formas que habría visto pasar. Así que, sin calzarme y de puntillas, me asomé al pasillo. Ya pensaba que había ladrones en casa y que en cualquier momento tendría que chillar.

»Solo vi a la última de la siluetas, al final del pasillo, entrando en la habitación de Diana.

Mi madre alejó de mi hermana la botella de pacharán antes de que a su exclamación de susto le siguiera un nuevo chupito.

—Me asomé a la habitación con el corazón desbocado —expliqué—. No pude ver mucho. Solo algo que quizá habían sido dos o tres de las siluetas que había visto, pero que ahora, difuminadas y entre destellos, se disolvían en la oscuridad. Justo al lado de Diana, una silueta que parecía hecha de purpurina de tanto que brillaba me deslumbró durante un segundo. Pensé que me recordaba a alguien, pero no me pude fijar mucho. Poco a poco, los destellos de esta también se fundieron con el aire.

»Y entonces sólo quedó la cuarta silueta.

»Y me resultó muy familiar. Tanto que di un respingo. Y la silueta se giró y me miró a los ojos. Y nos reconocimos, aunque hacía como medio año que nos habíamos encontrado y apenas habíamos pasado juntas una hora escasa.

Guardé silencio. Todos me miraban sin pestañear. Diana me increpó entre impaciente y borracha: «¿Pero quién era?

—Era ella: la misma niña con la que había estado jugando a la pelota en Colonia delante de la catedral.

Después de muchos «venga ya» y «no puede ser» y mientras mi cuñada se santiguaba asustada, me dejaron continuar.

—Me pasé todo el año dándole vueltas a lo que había visto, pero solamente se lo conté a Pili. Repasé mentalmente mi recuerdo con aquella niña de la que ni siquiera sabía si hablaba mi idioma. Me planteé y busqué por internet si los fantasmas o los espíritus pueden jugar al fútbol. Busqué programas de la radio sobre temas paranormales para ver cómo de lejos viajan los fantasmas, si es que pueden hacerlo. Incluso Pili preguntó a una prima suya wiccana si sabía quiénes podían ser las otras apariciones de ese día. Durante aquel tiempo dormí con una lucecita encendida, lo recordaréis. Lo hacía porque me daba terror que la niña se me apareciera. ¿Pero era posible que hubiera estado jugando con una fantasma a plena luz del día? ¿O quizá la niña había muerto después?

«Recuerdo lo de la lucecita», intervino mi padre. «Pobrecita, ojalá nos lo hubieras contado».

—Pero tenía mucho miedo a que sonase a locura. No sabía que vosotros habías vivido alguna experiencia extraña. En fin... pasaron los días con la lucecita encendida por las noches hasta que llegó de nuevo la noche de Reyes.

»Aquel fue el primer año que la región de Sayago decidió organizar las cabalgatas itinerantes donde padres e hijos se subían al autobús-carroza y en cada plaza de pueblo o pedanía, que vistieron uno por uno de luces para la ocasión. Luego la gente de la carroza bajaba a repartir caramelos, incluidos algunos vecinos vestidos de Reyes Magos y pajes. También llevaban regalos a los niños de las casas donde había pocos recursos.

»¡Quién nos iba a decir entonces que acabarían declarando aquella idea Patrimonio Inmaterial de la Humanidad y cómo se llena Sayago ahora en navidades! Y es que es, yo creo, la envidia del resto de Zamora.

»Pero aquel primer año de cabalgata sayaguesa yo solo pensaba en si volvería a ver aquellas siluetas y, sobre todo, si se me aparecería el espíritu de la niña de la catedral de Colonia.

»En esta ocasión logré permanecer despierta. Pedí a papá un vaso de agua y cada vez que me entraba sueño me mojaba los ojos para aguantar.

»A eso de las dos, escuché el trajín de papá y mamá dejando los regalos en el cuarto de estar. Aunque fue entonces cuando *les pillé*, no le di tanta importancia como la posibilidad de que aquellas siluetas de luz volvieran.

»Y con ayuda de mi vasito de agua seguí esperando.

»Pasó un tiempo infinito hasta que, por fin, vi pasar las mismas luces del año pasado. Conté cinco con seguridad esa vez. Además, había tenido la precaución de descorrer la cortina de fóscurit para poder ver a través de la puerta de acristalada con vidrio translúcido.

»Pero como ya debían de haber hecho el año anterior, cuando yo estaba dormida, se dirigieron a mi puerta en primer lugar.

»Entraron y yo cerré fuerte los ojos, intentando hacerme la dormida. Me recosté de lado, con el rostro hacia ellos, pero tapándome la cara con la sábana, fingiendo que estaba soñando. Así, al menos, podría intuir las luces a través de la fina tela de algodón.

»Me preparé para que sucediera cualquiera de las cosas que había leído: el frío helador, el silencio, quizá alguna ráfaga de viento, voces roncas e incluso un intento de posesión de mi cuerpo... ¡Qué terror sentí! Pero nada de eso llegó.

»Lo que sentí fue un beso en la coronilla. Un beso sonoro, apretado, familiar. Cálido. Un beso que me llenó de ilusión. Y luego otro. Este fue más reservado, pero lo acompañó de una caricia cariñosa que me revolvió el pelo. Aquella era una sensación tan conocida y a la vez tan lejana en el tiempo...

»Cuando oí que se dirigían a la puerta de mi dormitorio asomé la cara y los reconocí. Y, de puntillas, fui tras ellos. Se dirigían al cuarto de Diana.

»Cuando estaban dentro, con la carita asomada a la puerta de la habitación de mi hermana, lo reconocí a todos.

»Los que se acercaron a besar a Diana en la frente brillaban más que los otros, y más aún lo hicieron al besarla a ella.

»Eran los abuelos. *Eran ellos.* Sus siluetas eran inconfundibles. Igual que lo había sido el tacto de sus besos sobre mi cabeza. ¿Pero quiénes eran los otros tres y por qué iban con ellos?

»Una era, en efecto, la niña de piel negra con la que había jugado a la pelota en la entrada de la catedral de

Colonia. Los otros eran el amable guía turístico treintañero y el señor de más edad que, haciendo juegos de marionetas, pedía la voluntad delante del pórtico principal.

«Eso corresponde con… con las reliquias…», murmuró mi madre, más pálida de lo normal.

—Así es. Un hombre de cincuenta años: el marionetista; uno de treinta: el guía; y una persona de diez: la niña que había jugado conmigo.

»Estaban allí el día que se abrían sus tumbas y se mostraban sus huesos. Pero el resto del tiempo… Quién sabe. Yo solo puedo deciros esto: sigo entreabriendo los ojos cada noche de Reyes y si tengo suerte los veo a los cinco. Y a los abuelos los abrazo. Y sentirlos tan cerca me llena de ilusión y a ellos de una luz titilante, como si estuviera llena de purpurina, que creo que es ilusión también. Porque los magos, que quizá no reyes, saben quién se ocupa de los juguetes, pero ellos ocupan de algo más importante: de la ilusión. De la nuestra y de que los que ya no están puedan seguir alimentando sus ilusiones de vernos de cerca al menos una vez al año. La ilusión no se divide sino que siempre se multiplica, como el cariño.

»Ese es el *algo* que me sucedió y me sigue sucediendo año tras año. Por eso cada noche de Reyes sigo poniendo unos cafés y unas galletitas: porque sigo creyendo que, aunque los magos estén muertos y sus huesos allí, tan lejos, en Colonia, conservan su magia. Y su función en nuestra vida seguirá siendo traernos la ilusión. Cuando tenemos suerte, nos traen incluso la de los seres queridos que echamos de menos todo el año.

»Lo de los juguetes se lo dejan a los padres, que disfrutan de ver a los niños ilusionados. Respecto a ellos tres... No sé si se llaman Melchor, Gaspar o ¿Baltasara? Porque los huesos del infante de diez años no permitían saber si era niño o niña, pero eso ya lo descubrí yo. Así que esta noche mantened los ojos abiertos tapándoos la cabeza con la sábana. ¡Vienen sus fantasmas! ¡Y vienen los nuestros! Os juro que no dan miedo, ya veréis.

Contemplé a mi familia. Estaban atónitos, aunque mi hermano, siempre escéptico, levantaba la ceja.

—¿No estábamos contando historias paranormales y de fantasmas? Pues eso he hecho.

Un enorme suspiro inundó el cuarto.

—Vaya, creéis que ha sido un cuento... ¿No es lo que se hace en Navidades, como los británicos? ¿Contar cuentos de fantasmas? ¿No son solo cuentos?

Se miraron los unos a los otros.

—Yo me voy a dormir —dije levantándome y apurando la copa de vino blanco—, que esta noche vienen los magos y no pienso dormirme hasta que los vea.

Y me levanté, dejándolos callados y mirándose entre ellos.

Si hubieran mirado un poco más lejos, por la ventana que daba a las oscuras calles de nuestra pedanía, habrían visto que ya venían las luces.

O quizá no. Quizá tienes que creer un poquito y guardar algo de ilusión para poder ver todo lo que puede darte la noche más mágica del año.

El último belén viviente

Ángela Pinaud

El claxon de la furgoneta irrumpió en la calma del amanecer. Las calles se despertaron tras una noche de intensa nevada. El ruido de las persianas fue acompañando al estridente pitido del vehículo hacia la plaza. Bajo los soportales de piedra aguardaban algunas mujeres.

Puri, con el pijama de franela bajo el abrigo y zapatillas de estar en casa, encabezaba la cola. Llevaba esperando desde las siete. El día anterior se había quedado sin pan por entretenerse a poner a calar unas judías blancas. Unos minutos de retraso y Ramón se había marchado. Si se quedaba otra vez sin pan, tendría a Mariano refunfuñando.

—Buenos días, Ramón. —Le tendió su bolsa de arpillera—. No sabía si ibas a poder llegar con la nieve.

El hombre soltó una carcajada mientras abría las puertas traseras de la furgoneta. Un agradable olor a pan recién horneado surgió del interior.

—Contra viento y marea, doña Puri, y nieve en este caso. Aquí tiene, su pan de Viena y dos colines de regalo.

La mujer sacó unos céntimos del bolsillo del abrigo y se los tendió al panadero.

—Gracias, Ramón. Que tengas buen día.

—Igualmente. ¿Quién va ahora?

Puri salió de la plaza por la calle que conducía a la iglesia. Tenía una visita pendiente desde hacía días. La noche aún no había retirado sus sombras y las esquinas lucían amenazadoras. Giró la cabeza hacia el callejón que había antes de la iglesia; algo se movía dentro.

Allí estaba otra vez, sentada en el suelo, amamantando a un niño. No era el lugar propicio para hacerlo: por el frío, por la hora, por la extraña posición de la cabeza de ambos, demasiado torcida... el niño lloraba, no conseguía engancharse.

Puri se santiguó y aceleró el paso antes de que la mujer le posara sus ojos blancos, lechosos.

Subió los peldaños de piedra y pasó bajo el portalón de madera que daba acceso al pasillo de la iglesia. La sacristía estaba al fondo, junto al retablo dedicado a la Virgen del Rosario, patrona del pueblo.

—Buenos días, don Jesús. —Entró tan sigilosa que el párroco se volvió asustado—. ¿Tiene un segundo?

—Si no me mata usted de un infarto, sí.

—Disculpe, no era mi intención. —Notó que el calor se le subía a la cara—. Solo quería preguntarle si habló con Eugenia para el asunto del belén.

El sacerdote movió sus pequeños ojos tras las gafas, haciendo memoria.

—Sí —dijo al fin, no del todo seguro—, pero me temo que no nos va a hacer el favor. Han ingresado a su madre en un hospital de Madrid y van a pasar allí las Navidades. Seguimos sin Virgen a dos días de Nochebuena… me parece que este año nos quedamos sin belén viviente, doña Puri.

—Eso habrá que verlo. —Se colocó la bolsa del pan bajo el brazo y salió del templo con paso ligero.

—… y va y me dice que nos vamos a quedar sin belén viviente. —El cazo hizo un nuevo viaje del puchero al plato de Mariano sin que el hombre pusiese objeción—. Pues como que me llamo Purificación Santos García que ese belén se monta.

Las alubias humeaban en los platos cuando la mujer se metió la primera cucharada en la boca. Si estaban demasiado calientes, no se dio cuenta.

—Luego me he pasado por el mercadillo y he visto a Paquita, la de Lorenzo, que suele tener aquí a la hija en Navidad, pero me ha dicho que nada, que los nietos ya son grandes y que no quieren venir al pueblo, que prefieren quedarse en Madrid con sus amigos. Así que otra que descarto… Si al final don Jesús va a tener razón.

Mariano asintió mientras soplaba las judías. Por la ventana, el temporal de nieve y frío azotaba de nuevo.

—Tengo dos candidatas más en mente —continuó Puri—, la hija de Herminia, la del sastre, y Teresa la Randa.

—¿No están entradas en años para hacer de Virgen? —Mariano arrugó la frente.

—Tú sí que estás entrado en años y nadie te dice nada cuando te pides un lingotazo en el bar.

—Mujer, no te pongas así. Yo solo intentaba quitarle hierro al asunto. Si este año no hay belén, pues no pasa nada.

—No pasará para ti. —Puri sacó a pasear su dedo acusador—. Para algo bonito que nos queda en el pueblo, no dejaré que se muera también.

Se levantó y retiró los platos.

—¡Eh! Que no he terminado —se quejó.

—Claro que sí —Puri se encaminaba hacia la cocina con las judías de su marido humeando—. Tira a echar la partida y, si tienes hambre, le pides a Aurelio un plato de embutido.

Dos hombres, subidos en sendas escaleras de mano, intentaban colgar una solitaria estrella de luces sobre la carretera principal, en la entrada a la plaza. La noche había caído sobre ellos y el viento agitaba la guirnalda con fuerza y dificultaba el trabajo.

—Os he visto desde casa y os he traído un chocolate caliente, que hace frío.

Puri alzó las dos tazas para que los muchachos no tuvieran que bajar al suelo.

—Muchas gracias, doña Puri —dijo uno de ellos. Le pareció el hijo del alcalde, pero de noche y sin gafas, imposible estar segura.

—¿Iréis después a colocar las bombillas en los pinos de la Corredera?

—Que va —dijo el otro muchacho mientras pegaba un buen trago de chocolate—. Este año hay poco presupuesto para fiestas y, total, para quien queda por aquí…

—No hace falta esmerarse mucho —convino el otro.

Puri no dijo nada. Se dio la vuelta y bajó la calle hacia la diminuta ferretería que abastecía al pueblo de cachivaches varios. El señor Adrián, con su sempiterno guardapolvo negro, se negaba a cerrar el negocio a pesar de sus noventa y ocho años. El hombre consiguió encontrar, entre el centenar de cajas que poblaban las estanterías de la tienda, cuatro tiras de bombillas que funcionaban con batería solar y un rollo de cinta adhesiva.

Cuando Puri terminó, todos los árboles de la Corredera tenían sus troncos iluminados con un débil candor amarillo.

Un llanto de bebé quebró el silencio de la noche y su eco reverberó en la solitaria plaza. Puri alzó la cabeza y se encontró frente a los ojos lechosos de la mujer, que colgaban bocabajo de las ramas del árbol. El bebé, enroscado alrededor de su cuello, gritaba tratando de alcanzar un pecho descarnado, sanguinolento, del que jamás podría alimentarse.

—¡Oh, señor! —Encogió la cabeza entre los hombros, temiendo que cayesen sobre ella—. Hago lo que puedo... hago lo que puedo.

La mujer alargó una mano escuálida e intentó alcanzar a Puri, pero solo acarició el aire. Puri se dirigía, presta, de regreso a casa.

El último rulo se le había resistido un poco. Con la artritis, aquello iba a más. Se metió en la cama mientras terminaba de extenderse la crema hidratante por la cara.

—... y le pregunto a la hija de Herminia, y ¿sabes qué me dice? —Colocó la almohada de respaldo y se recostó sobre ella—. Que ella pasa de ese rollo de la Navidad, que no es más que otra fiesta inventada para consumir. ¡Habrase visto! ¿Pero esa chica ha ido a misa alguna vez? ¿Se ha leído la Biblia? Inventada, dice...

Mariano emitió un mugido parapetado detrás de un libro sobre la Guerra Civil.

—Así que solo me queda preguntar a Teresa la Randa. Voy a pasarme a primera hora por casa de Emilia a por unas rosquillas de anís, a ver si agasajándola consigo que se suba al carro del belén viviente.

Se tocó la cara, y acomodó la almohada al notar que no la mancharía.

—Por cierto, acuérdate de subir mañana las cajas con los adornos del garaje, que tengo que empezar a montarlo todo.

Mariano levantó la vista del libro con cara de asombro.

—¿Vas a poner la decoración también este año? —preguntó.

Puri se volvió hacia él, ofendida.

—¿Qué clase de pregunta es esa? —Los rulos se agitaron al compás de sus aspavientos—. Pues claro que voy a poner la decoración. No hay ningún motivo para no hacerlo.

—Bueno... no sé... —titubeó—. Quizás a la gente le sorprenda...

—Lo que tiene que hacer la gente es meterse en sus asuntos. No hay nada más que chismosos en este pueblo. Con razón la gente joven sale despavorida y no vuelve. Échate a un lado —le dio un codazo a Mariano para hacerse hueco en la cama—. Y acuérdate de ponerte la férula, que como empieces a roncar te mando derecho al sofá. Mañana es la víspera de Nochebuena y tengo muchas cosas que preparar.

Puri apagó su lamparita de noche. Antes de quedarse dormida, le pareció ver, detrás de la puerta del baño, unos ojos blancos que no paraban de observarla.

El día amaneció lluvioso. Puri sujetaba el paraguas en una mano y la bolsa de rosquillas en la otra. Otros años, llegadas aquellas fechas, Emilia glaseaba sus roscas con una cobertura blanca que simulaba la nieve y que sabía a almendra y a turrón, pero ese año estaba cansada, le había dicho a Puri; y, total, la misma gente iba a llevarse sus roscas, con glaseado o sin él. Puri no le había respondido nada más, pero antes de dirigirse a casa de Teresa, había pasado por su casa y había espolvoreado las rosquillas con azúcar glas. No se parecían a las que Emilia preparaba otros años, pero al menos tenían ese toque navideño que Puri añoraba.

Teresa vivía en la parte alta del pueblo, pasada la iglesia. Puri llegó sudorosa a pesar del frío y con los pies empapados por el reguero de agua de lluvia que iba de lado a lado de la calle. La puerta que daba al patio estaba abierta. En el interior, contempló los arriates de rosales recién podados. Esqueletos de vida latente a la espera de una nueva piel. En primavera florecería y se llenaría de color, pero, en aquella época, un gris deslucido predominaba en el ambiente.

—¡Teresa! —Se limpió los pies en el felpudo.

—¿Sí? ¿Quién es? —la voz procedía del edificio achaparrado al otro lado del patio.

—Soy Puri.

—¡Ah, Puri! Pasa, pasa. Estoy barriendo las cuadras.

Puri atravesó el patio lo más rápido que pudo para evitar mojarse más.

Teresa barría con una escoba plana de mijo.

—Para un día que me propongo limpiar, va y llueve. El tejado está lleno de goteras. Ponte por aquí, no te vayas a mojar. Nada, mañana estará esto igual que hace un rato, como si no hubiera hecho nada.

—Mujer… de algo servirá.

Un ratón sorprendido salió corriendo de una esquina, ahuyentado por la escoba. Teresa sacudió al infeliz roedor.

—Mira, sí. Uno menos. Estos son los cabroncetes que me llenan el patio de cagadas y atraen a los gatos que se mean en los arriates.

Puri contempló el cadáver del ratón antes de que Teresa lo echase al recogedor sin miramientos.

—Pero, dime —retomó su tarea—, ¿qué te trae en este día de perros?

—Verás, ya sabes que todos los años montamos un belén viviente en la plaza el día de Navidad. Y bueno… la Virgen este año… pues… pues nos falta, ¿no? Ya sabes —Teresa asintió sin levantar la vista del suelo—. Y me preguntaba si te gustaría hacer el papel. Es un rato pequeño, entre las cuatro y las ocho de la tarde, y luego el ayuntamiento nos invita a migas y chocolate caliente...

Teresa había dejado de barrer y miraba a Puri con una sonrisa.

—Puri —dijo—, me encantaría hacer de Virgen.

De pronto, a pesar de las nubes, el día se iluminó.

—Entonces, ¿cuento contigo?

—Lamentablemente no. —Una jarra de agua helada cayó sobre Puri—. Si me lo hubieras pedido hace tres días, ni lo habría dudado, pero anoche me comprometí con Juliana a tener preparadas trescientas mangas y otras tantas floretas[1] para el bautizo de su nieta, que es en dos días. Quieren aprovechar estas fechas que está la familia de Barcelona por aquí. Si paso la tarde de mañana haciendo de Virgen en el belén, no me dará tiempo por mucho que corra... ¿Por qué no haces tú de Virgen?

—¿Yo? —Puri abrió los ojos como si Teresa hubiese delirado—. Pero ¡qué cosas tienes, mujer! Tengo casi setenta años y más arrugas que la rodilla de un elefante, ¿cómo quieres que haga yo de Virgen? Pero puedo ayudarte con los dulces. ¿Cuántas mangas y floretas tendría que hacer para que pudieras pasar la tarde en el belén?

Teresa, con la vista fija en el techo, se acarició el mentón.

1. Las mangas y las floretas son un dulce típico del pueblo de Lagartera donde se desarrolla la historia. Están hechas con huevo, harina, anís y miel. *(N. de la A.)*

—Yo creo que con cincuenta o sesenta de cada sería suficiente. Llévate los ingredientes. Los tengo en una caja en la cocina.

—Estupendo —Puri se dio la vuelta para desandar el camino por el patio.

—Tráemelos mañana a mediodía —dijo Teresa mientras retomaba la limpieza con la escoba—. Si no estás aquí pasadas las doce, entenderé que no has podido y seguiré haciendo dulces durante la representación del belén.

—Descuida. Mañana estarán puntuales junto con las ropas de Virgen.

—¡Puri! ¡Puri!

—¿Qué pasa, Mariano? ¿No ves que estoy haciendo cosas?

—No me has preparado la ropa. Te dije que salía esta noche, que tenemos partida nocturna en el Hogar.

—Ponte lo que sea —metió el molde de la floreta, impregnado con la masa, en la cazuela con aceite y empezó a chisporrotear—. No estoy ahora para pensar.

Mariano refunfuñó desde el dormitorio, pero el crepitar de la masa friéndose en el aceite impidió que Puri escuchase nada. Solo cuando salió de casa, dando un sonoro portazo, Puri comprendió que se marchaba enfadado.

—Ya se le pasará…

Había terminado las mangas y llevaba desde las ocho de la tarde friendo floretas. Aún le quedaban dos docenas para llegar a las sesenta que le había prometido a Teresa. Se le haría tarde, pero no le importaba. Prefería dejarlo todo hecho esa noche antes que andar con prisas al día siguiente.

La luz de la cocina era tenue. Un plafón de luz amarilla instalado en el techo daba luz a unos muebles viejos de madera y a una encimera de piedra grisácea. El siseo del gas butano alimentando los fogones era lo único que se escuchaba entre floreta y floreta. Tras la ventana, que daba al patio, había empezado a nevar.

Las campanas de la iglesia habían dado la una hacía un rato cuando Puri depositó la última floreta sobre el montón. Cansada, se quitó el mandil lleno de harina y se sentó en una de las cuatro sillas que rodeaban la mesa de la cocina. Las rodillas crujieron y un leve gesto de dolor cruzó el semblante de la mujer. Le había costado, pero parecía que finalmente iba a conseguirlo.

Cuando alzó los ojos hacia la pirámide de mangas y floretas que había construido sobre la encimera, la vio de pie junto a ella.

La luz del plafón titiló y la bombilla estalló. Puri dejó escapar un grito.

A la escasa luz de las farolas, Puri contempló la silueta esquelética de la mujer, su cuello torcido, la piel del rostro desprendida... los ojos blancos del niño que llevaba en brazos. Callaba, pero Puri sabía que se le escaparía otro grito. Su llanto la perseguía en sueños.

La mujer movió un pie y lo metió debajo de la encimera. El sonido de un objeto rodando retumbó en la cocina. Un tarro de miel se deslizó hacia Puri, que se llevó la mano a la boca por la sorpresa.

Se había olvidado de echar miel sobre las floretas.

Eran las doce menos diez cuando Puri salió de casa con un barreño de dulces, tapado con un papel vegetal muy fino. No quería que se estropeasen. También llevaba la ropa de Virgen María que por fin tenía destinataria.

Andaba con el tiempo justo. Se había entretenido terminando el estofado de ternera para que Mariano lo tuviera a tiempo sobre la mesa y se le pasara el enfado de la noche anterior.

Iban a dar las doce en el campanario de la iglesia. Por eso, cuando sintió la primera gota sobre su nariz, pensó que algún pájaro se había miccionado sobre ella. Sin embargo, comenzaba a llover.

Al principio se limitó a acelerar el paso para llegar cuanto antes a casa de Teresa, pero cuando la lluvia apretó tan fuerte que el papel vegetal dio signos de romperse, intentó refugiarse debajo de un tejadillo.

Se cobijaría allí hasta que la nube pasase.

Con lo que no contó fue con la fuerte racha de viento. El papel vegetal salió volando y, al tratar de sujetarlo, la ropa de Virgen se balanceó en su brazo y golpeó el barreño. El asa se soltó, y todas las mangas y las floretas rodaron por el suelo y se empaparon con la lluvia.

Puri se quedó contemplando el desastre. Para cuando quiso reaccionar, la miel corría calle abajo junto con sus esperanzas de montar el belén viviente.

Salió del tejadillo para meter los dulces en el barreño. La tristeza le estrangulaba el estómago y entrecortaba la respiración.

Los contenedores de basura estaban junto a la Corredera. Las luces de los pinos no iluminaban; la falta de sol y el clima lluvioso de los últimos días habían impedido que las baterías se cargasen. También allí había fracasado su intento por mantener vivo el espíritu navideño.

Tiró las mangas y las floretas al contenedor y tomó la calle que salía del pueblo hacia los huertos y las fincas. Las ropas de Virgen María seguían colgando en su mano.

Cuando llegó al cementerio había dejado de llover. Las nubes se desplazaban veloces, arrastradas por las corrientes de aire.

Sorteó las tumbas en un recorrido que todavía no había realizado muchas veces, pero que jamás podría olvidar. La lápida, de mármol blanco, lucía apagada a la luz grisácea del día. Había tres nombres estampados con letras doradas.

JAIME GARMENDIA ANTÓN
MARINA LÓPEZ SANTOS
LUCAS GARMENDIA LÓPEZ

—Hola, hija —Puri se sentó sobre la tumba sin importarle el agua acumulada sobre la piedra; ya estaba empapada—. Sé cuánto te gustaban estas fechas. Ya has visto que he hecho todo lo que he podido por mantener el espíritu Navideño, pero la gente no está por la labor de ayudarme.

Un tractor pasó por el camino en dirección al pueblo y el rugido de su motor lleno de ecos el camposanto.

—He estado a punto de conseguir que Teresa representara tu papel de Virgen en el belén, pero la lluvia me lo ha fastidiado y ahora… ahora ya no sé qué hacer, pero tienes que irte, cariño. Tú y el pequeño Lucas habéis de descansar…

A lo lejos, bajo la alargada sombra del ciprés, una mujer acunaba a un niño que no paraba de llorar.

—Por favor, Marina. —Los ojos de Puri se anegaron de lágrimas—. Marchaos a descansar. Papá y yo estaremos bien, te lo prometo.

La mujer con el niño en brazos se acercó. La sombra del ciprés le impidió verla con claridad. Puri agachó la cabeza y sollozó.

El sonido de los pasos se detuvo a su lado y el niño dejó de llorar.

—¿Se encuentra bien?

Puri alzó la cabeza.

Un rostro desconocido se inclinaba sobre ella. El niño pequeño, sonrosado y rollizo, se había quedado dormido entre sus brazos.

—¿Quién eres? —fue lo primero que atinó a decir Puri.

—Mi nombre es Amalia. Quizás conocieras a mi madre. Se llamaba Hortensia, estuvo al cargo de la panadería hasta el final…

—¡Ay, hija! Claro que la conocía. —Se levantó de la tumba—. Tu madre me dijo que vivíais en el extranjero. ¿Qué hacéis por aquí?

—Sí, vivíamos en Alemania. Marcos, mi marido, trabajaba allí de arquitecto, pero la situación ha cambiado. —Bajó la mirada hacia el bebé que acunaba en su regazo. Apenas tendría un par de meses—. Queremos darle la misma infancia feliz que tuvimos nosotros, por eso hemos decidido trasladarnos. Estamos reformando la casa de mis padres —dijo Amalia, señalando las tumbas que estaba visitando— y pasaremos aquí las Navidades antes de mudarnos en febrero.

Puri la miró con otros ojos, con el ánimo renovado. Sin darse cuenta, estaba sonriendo.

—¿Tienes algo que hacer esta tarde, Amalia? Estoy organizando un belén viviente y nos falta la Virgen —le tendió la ropa, sorprendentemente seca.

—Claro. —Amalia la cogió contenta—. Me encantará participar.

Un rayo de luz atravesó las nubes y devolvió calidez al entorno. A lo lejos, la sombra de una madre con un niño en brazos caminó hacia la luz.

El álbum de 1959

Luis Gómez

Faltaba una semana para el día de Navidad cuando se produjo el primer incidente con las fotos.

El armario de nuestro dormitorio tiene un altillo enorme en el que, tras la muerte de mi padre en diciembre de 2003, guardé todas las fotografías que había almacenado a lo largo de su vida: cinco grandes cajas llenas de sobres de revelado, incontables rollos de negativos y quince álbumes de diferentes etapas familiares, con predominio de mi infancia. Quería conservarlos cerca de mí.

Aurora me ayudó a ordenarlos, del más reciente al más antiguo, fechado en septiembre de 1959, y dedicado a su noviazgo con mi madre. Constaba de dieciséis páginas de cartulina negra, protegidas por una hoja de papel cebolla. Cada foto llevaba un pie escrito a mano con tinta blanca, en una delicada caligrafía inglesa que nunca volvió a utilizar. Podían leerse los nombres de los lugares donde habían sido tomadas: la plaza de Oriente, el Campo del Moro, la rosaleda del parque del

Oeste, la carretera de Castilla, los jardines del palacio de Aranjuez, el Viaducto de la calle Bailén, la Cuesta de las Perdices, la Playa de Madrid, que era en realidad una gigantesca piscina al aire libre, la mayor de Europa en aquel momento, y cuyo nombre real era Parque Sindical Deportivo Puerta de Hierro, pero también había expresiones tímidas como «Atardecer en el campo», «¡Estás "canela"!» o «Admirando el panorama». Mi favorita era la de la rosaleda, porque allí, en alguno de esos paseos, se dieron un beso y un policía los reprendió por escándalo público.

«Tus padres, ¡qué jóvenes!, ¡qué guapos eran!», repetía Aurora fascinada, entornando los ojos como si buscara una partícula microscópica, un detalle ínfimo que le revelara una parte desconocida de mí en ellos.

Esa memoria permaneció fuera de mi vista durante los siguientes veinte años. La bloqueé para conjurar su aliento fantasmal, igual que se evitan las casas deshabitadas, los pueblos abandonados y los cementerios a los que nadie acude. No por miedo, sino por tristeza.

Hasta que regresó de forma inesperada cuando la había olvidado.

Vivimos en un chalé de tres plantas a las afueras de Getafe. La buhardilla, con el paso de los años, dejó de ser el cuarto de juegos de nuestros hijos para convertirse en un salón alternativo al principal, con un par de mesas de estudio, estanterías repletas de libros, un sofá-cama y mi vieja colección de vinilos. Durante el confinamiento fue mi espacio de trabajo. Me encerraba allí durante horas, más allá del horario de las clases, con la excusa de que debía prepararlas a fondo; se trataba de algo nuevo, me justificaba ante Aurora, pero lo cierto es que estaba aterrorizado. No hacía otra cosa más que navegar por internet en busca de información sobre la pandemia. Los primeros días, mientras los muertos se contaban por centenares, pensaba a menudo en mis padres: en la edad que habrían tenido en ese momento, cómo habrían reaccionado, qué habría podido hacer para salvarlos. La respuesta se repetía: nada. Me sentía culpable por lo que creía un desaprovechamiento absoluto de mi vida, convertida en un fracaso para el que no tenía una explicación. Poco a poco, la atmósfera del desván se ensombreció: el aire se hizo más pesado, me costaba respirar sin fatigarme al cabo de un rato; ni siquiera con los tragaluces abiertos disminuía aquella sensación de ahogo. Dejé de trabajar allí después del verano, y, más tarde, con la excusa del frío y la vuelta de las clases presenciales, regresé al despacho de la segunda planta. Mis visitas al desván se espaciaron tanto que pasaba dos o tres meses sin pisarlo. Los recuerdos de mis padres se difuminaron, como si una fuerza invisible los deshilachara en mi memoria sin que yo pudiese evitarlo.

Esa noche me desperté de madrugada, sobresaltado por lo que parecían unos ruidos extraños en la buhardilla, una especie de golpecitos o pisadas sin un patrón reconocible. Aurora dormía profundamente a mi lado. Su respiración era tranquilizadora, pero no lograba quitarme de la cabeza la idea de que había algo arriba, quizá un roedor, pensé, porque años atrás, a raíz de unas obras en el alcantarillado de nuestra calle, habían entrado en el jardín y en la casa, lo que nos obligó a irnos unos días a casa de mis suegros, hasta que la empresa de control de plagas nos confirmó que ya no quedaba rastro de ellos. Encendí la linterna del móvil, salí de la cama con sigilo y me adentré en la oscuridad del pasillo. Aquel sonido que no lograba identificar cesó al poner el pie en la escalera. En la buhardilla no encontré nada que me llamara la atención. Me agaché a husmear bajo los muebles y comprobé que las claraboyas estaban cerradas. Al fijarme en una de las baldas de la librería, por casualidad, advertí que uno de los libros, una antología de poesía española en tapa dura, un libro que había pertenecido a mi padre, sobresalía más que los otros. Lo saqué con cuidado. Había una fotografía entre sus páginas, una del álbum de 1959 que recordé porque era de mis preferidas: mi madre del brazo de mi padre en las Vistillas, un día de otoño o invierno, justo al lado de la calle en la que viví mis primeros ocho años, en casa de mi abuela paterna, ella con una gabardina blanca o beige claro, mirando al cielo, y él con un abrigo sobre los hombros, de traje y corbata. Fruncí el ceño. Esas fotos eran sagradas para mí, nunca habría movido ninguna, y menos a aquel librito que había leído por última vez siendo un niño, a instancias de ellos y sin que yo apreciase su lectura, excepto algún romance medieval o esos versos tan famosos de Zorrilla y Espronceda: «A buen juez, mejor testigo», «La canción del pirata». Lo dejé sobre la mesa y regresé al dormitorio, intrigado y molesto por igual. Resolvería el misterio por la mañana, a la luz del día. Me abracé al cuerpo tibio de Aurora para conciliar el sueño, pero solo lo logré a medias, por momentos, desvelado ante los pensamientos intrusivos.

Eran fogonazos breves, incomprensibles y voraces: los pecados del mal hijo. Que saltara la radio del despertador fue una bendición. Terminé de despejarme en la ducha y me apresuré a preparar el desayuno.

Cuando Aurora apareció en la cocina, con el pelo mojado, envuelta en su albornoz azul, el café humeaba en la cafetera y las tostadas estaban en su punto. La besé como todos los días. Al final, le pregunté por los álbumes de mi padre, cuánto hacía que no los veía, si los había sacado del armario para limpiarlo o por alguna otra razón.

—No he vuelto a verlos desde que los trajimos —respondió—. ¿Por qué lo dices?

—Anoche creí oír unos ruidos en el desván —le expliqué—. Subí a echar un vistazo y encontré una foto en un librito antiguo, una del álbum de novios. Me sorprendió, eso es todo.

—¿Seguro que no pasa nada? —Negué con la cabeza; hizo una pausa y añadió—: Quizá lo habías olvidado. Son muchos años.

Pensativo, me mordí las uñas.

—¿Estás nervioso? —dijo—. Todo va a salir bien, ya lo verás.

—¿Te refieres a los resultados? —La miré fijamente—. Seguro que saldrán bien.

—A lo mejor fue una pesadilla. —Alargó su mano hacia la mía y la apretó—. Tienes que estar removido. No hemos hablado del tema y me gustaría que me dijeras lo que sientes. A veces eres tan hermético que no sé qué pensar, y eso que llevamos juntos casi cuarenta años.

—Tienes razón, todo irá bien —mentí, esforzándome por parecer convincente; no quería alarmarla—. Es verdad que estoy preocupado, pero si el médico hubiese descubierto algo raro, ya me habría llamado. No esperaría a la víspera de Nochebuena, supongo.

Antes de irme a la oficina, subí al desván. El libro seguía donde lo había dejado; la fotografía, sin embargo, había desaparecido. Lo hojeé varias veces para asegurarme. Tal vez lo sucedido fuese una mezcla de sueño y realidad, una alucinación fruto de la angustia provocada por la cita en el hospital, a la que yo trataba de restar importancia, como hacía siempre que me enfrentaba a un conflicto interior o laboral: decirme a mí mismo que no existía, igual que un avestruz oculta su cabeza en la tierra para contrarrestar el miedo. Llevaba semanas pensando en la muerte de mis padres, o, mejor dicho, en la forma como habían fallecido y en lo cortas e incompletas que habían sido sus vidas en comparación con la mía. Era una forma de afrontar, sin admitirlo, el hecho de que mi muerte también podía estar próxima. O no. Aurora siempre acertaba; no sabía lidiar con la incertidumbre. Miré a mi alrededor, de repente me sentía perdido en mi propia casa.

Volví pronto de la universidad, antes de comer, y según entré por la puerta corrí al dormitorio, abrí el altillo del armario y saqué el álbum de 1959. Fui página por página. Todas las fotos seguían en su sitio excepto dos: la que creía haber visto de madrugada y otra que no lograba recordar. De esta última solo quedaba su ausencia y una palabra en caligrafía blanca: «Expresión». Por fuerza, debía de tratarse de un retrato de mi madre, un primer plano que realzaba sus rasgos juveniles. Tenía entonces veinticinco años. Qué lejano todo, qué vacío amargo. A lo mejor, pensé, esa fotografía había desaparecido del álbum tiempo atrás, antes de la muerte de mi padre. Quizá él mismo la había quitado para enmarcarla o guardarla en su cartera, porque era una mujer guapa; lo decían quienes la habían conocido de joven. Aurora decía que no resultaba difícil percibir en mí los rasgos de mi madre, en los pómulos, en los labios, en la mirada. En ese momento me vino a la mente su imagen: pelo corto, un jersey de punto, una risa que, a pesar del blanco y negro, rebosa frescura. El instinto me dijo que subiera al desván. Y, en efecto, allí estaba esa foto en particular, dentro de la vieja antología poética, que sobresalía entre los demás libros como si pronunciara mi nombre en la penumbra.

En *Las aventuras de Pinocho* (que leí en italiano durante un viaje con Aurora por la Toscana y el Véneto, en el ahora tan lejano verano de 1982, después de encontrar un bellísimo ejemplar de 1911 en la *Antiquaria Perini* de Verona), Búho le dice a Cuervo, en presencia del Hada, que «cuando los muertos lloran es porque no quieren morir». Aunque no creo en la idea de lo sobrenatural, en general, y mucho menos en fantasmas, me vi obligado a admitir que algo extraño pasaba en la buhardilla. Hice primero un ejercicio de racionalidad: tuve un sueño que confundí con la realidad y había olvidado que la foto de «Expresión» siempre estuvo en el libro. Era una explicación eficiente, en la que todos los términos de mi ecuación mental cuadraban sin necesidad de buscar soluciones alternativas, pero me acordé de la frase del búho; o, mejor dicho, *algo* hizo que viniera a mí, una parte de mi subconsciente a la que no tenía acceso. ¿No es ahí donde se ocultan nuestros miedos? ¿Y qué otra cosa es un fantasma sino la manifestación más pura del miedo al más allá, a no ir adonde la muerte nos empuja? Estaba pendiente de un diagnóstico médico que podía transformar mi vida para siempre. Sentí que, en cierta medida, todo aquello guardaba relación entre sí, si bien ignoraba cuál podía ser. Me dio por pensar que las almas de mis padres habían acudido a mí para acompañarme en el preludio del dolor que se avecinaba. Lloraban porque no querían volver a morir, porque la muerte de un hijo es tu propia muerte. Empecé a marearme y salí del desván, dejando el libro y la foto sobre la mesa. No hay que minimizar la fuerza de lo irracional, subestimar lo inconcebible. No se trata de tus creencias, sino de la *presencia* junto a ti de *algo* que no alcanzas a entender.

A Aurora le inquietaba que dudara de mi memoria. Lo percibí en su mirada, en su silencio mientras yo le hablaba de las fotografías que desaparecían y aparecían de pronto sin saber cómo. Podía leerle el pensamiento tras tantos años de convivencia, y ella a mí, claro, aunque la mayoría de las veces nos escuchábamos con atención, hacíamos preguntas, mostrábamos atención y no imponíamos nuestro punto de vista. Ese respeto mutuo, por encima de todo lo demás, era el verdadero pilar en el que se asentaba nuestra relación de pareja.

—¿Has pensado en la posibilidad de hablar con Marina?

Asentí con un gesto dubitativo. Marina Ordóñez era nuestra psiquiatra desde mediados de los años noventa, a raíz de la depresión en que cayó Aurora tras el nacimiento de nuestro segundo hijo. La trató tan bien que recurrí a ella cuando me vi obligado a pedir ayuda para superar la muerte de mi padre. Los niños aún eran pequeños y yo estaba en plena vorágine académica, pendiente de obtener una cátedra de literatura hispanoamericana en la Universidad de Sevilla, que al final no conseguí. Tenía que poner a la venta la vieja casa familiar, y cada vez que entraba en ella, nada más poner los pies en el recibidor, rompía a sollozar en silencio. Al final, Aurora se hizo cargo de todo, después de una crisis de ansiedad que me dejó postrado en cama durante un par de días. Dos semanas después tuve mi primera terapia con Marina, pero tardé diez meses en hablarle de mi padre. Lo primero que le dije fue: «No era un hombre muy comunicativo». Fue entonces cuando empezamos a hablar de los miedos que debieron acechar al niño de posguerra que se convirtió en mi padre. Ahí estaban los fantasmas, no los que podían rondar por la buhardilla, si es que esos espectros existían más allá de mi imaginación, sino los míos propios, las deudas pendientes con el pasado, con la niñez y la ira de la adolescencia, con la confusión posterior y el sentimiento de fracaso que me acompaña desde esa época anterior a la aparición de Aurora en mi vida, solo que en ese momento no supe verlos. Y ahora, días antes de Navidad, reaparecían sin haber sido convocados. La enfermedad que me acechaba desde hacía semanas estaba a punto de revelarme su verdadera naturaleza con una fuerza implacable y devastadora. En ocasiones, uno necesita creer en señales, en advertencias. Y eso fue lo que pensé.

—Esta mañana no fui sincero contigo —dije—. Lo cierto es que estoy asustado.

Ella me miró seria.

—¿Y por qué no me lo has dicho? Estamos juntos en esto. Los chicos están preocupadísimos, pero no se atreven a llamarte.

—Es muy confuso, no sé lo que me pasa.

Pospuse la conversación con mis hijos para después de la cena, y luego, cuando Aurora me lo recordó, le repliqué que me encontraba muy cansado, mejor mañana, que tomaría un Lorazepam para dormir en condiciones. Con la luz del día y más lúcido, me sentiría capaz de hablar con ellos. Sentí un reproche en su mirada. Evité las preguntas para no enfrentarme a sus respuestas.

El efecto de un ansiolítico sobre el sueño es similar a morir y resucitar al cabo de unas horas. El sueño se transforma en una negrura de la que más tarde no guardas ningún recuerdo, ninguna sensación. Desapareces en la nada y reapareces sin saber qué ha pasado durante esa oscuridad inabarcable. O así debería haber sido. En algún momento de la madrugada me desperté, o eso creo, si bien a diferencia de la noche anterior, cuando un ruido desconocido provocó mi alarma, la casa se hallaba sumida en silencio. Recorrí a tientas el pasillo, bajé la escalera y entré en la cocina. Los relojes digitales del horno y del microondas parpadeaban; marcaban las 00:00 horas. ¿Se había ido la luz? ¿Y Aurora? No recordaba su cuerpo en la cama, al lado del mío, su calor, la suavidad de su pelo. Noté un olor extraño. Las casas huelen a la vida de quienes las habitan, a sus costumbres, a sus esperanzas y decepciones, a lo que fueron y a lo que no llegaron a ser. Y aquel suave hedor de cañerías y paredes húmedas era ajeno a nosotros, a nuestra familia, como si perteneciera a otras personas, a unos completos desconocidos.

«¿Ya lo has olvidado?».

¿De dónde salía aquella voz que parecía mía, pero que no lo era?

—La casa de la abuela olía así —susurré.

Mi abuelo Antonio falleció de cáncer de estómago en 1958, con cincuenta y tres años. Lo habían represaliado tras la guerra civil por formar parte de los Carabineros leales a la República y, de ahí en adelante, solo pudo trabajar de peón de albañil, sin seguros, sin contratos, sin futuro. Mis padres decidieron quedarse a vivir con la abuela Carmen, que empezó a trabajar en el guardarropa del Corral de la Morería, inaugurado poco antes. Se casaron dos años después y siguieron con ella hasta el verano de 1969, en que nos trasladamos a un piso que acababan de comprar en Alcorcón. Desde la terraza se veían obras en construcción y las observaba resignado, porque echaba mucho de menos la estrecha calle de las Vistillas donde había nacido. Me volvió un niño melancólico y esquivo. Marina insinuó que quizás era el origen de las ruidosas disputas que tuve con mi padre durante la adolescencia.

—¿Papá, eres tú?

Nada o nadie respondió. Lo siguiente que recuerdo es a Aurora dándome un beso en la cama.

—Despierta, dormilón, son más de las siete y vas a llegar tarde —dijo.

—He visto a mi padre —murmuré, confuso aún por el brusco despertar.

—Eso es imposible.

—Me levanté y se había ido la luz, los relojes de la cocina no funcionaban. Estaba allí, lo sé. Te lo juro.

Su abrazo tuvo un efecto balsámico, como si me encontrara ante un acto de salvación y no un simple gesto de amor. Hice lo posible por contener las lágrimas y le di unas palmaditas en la espalda.

—Estoy bien —murmuré—, pero necesito una buena ducha.

Cogí un taxi para llegar puntual a la primera clase, sin dejar de darle vueltas a lo sucedido. La ciudad había amanecido acelerada; el ajetreo me aturdió todavía más. Estaba tan descentrado que los alumnos me miraban extrañados desde sus mesas, sin atreverse a interrumpirme, así que acabé por confesarles que no había dormido bien (mentira), que tenía una ligera jaqueca (mentira también) y que el final del primer cuatrimestre, con los exámenes y las notas, siempre me alteraba (verdad). Comí en la cafetería y regresé andando a casa para despejarme. El cielo encapotado y el atardecer, unido a los árboles medio desnudos y las aceras cubiertas de hojas, me provocaron un aluvión de pensamientos negativos: la muerte, el dolor físico, la soledad, mi rotundo fracaso como padre, que rápidamente se transformó en mi naufragio como ser humano, sin expectativas ni objetivos cumplidos, sin un legado que transmitir, el fracaso como investigador, como docente.

Al doblar la esquina de nuestra calle, distinguí a Aurora ante el portón del garaje, mirándome de lejos, con las manos en los bolsillos del abrigo. Es posible que me hubiera dicho que iba a llegar a esa hora, cuando solía hacerlo poco antes de la cena, pero no lo recordaba. Reconocí su mirada enfadada a medida que me acercaba por la acera.

—¡Llevo una hora llamándote al móvil! —exclamó—. ¿Por qué no respondes?

Me palpé la parka.

—Joder, he debido perderlo —balbuceé—, o lo he olvidado en el despacho, no sé.

—¿Quieres que vayamos al médico?

—¿Para qué? —La miré con extrañeza—. Me apetecía pasear, eso es todo. Lo siento si te he preocupado.

—Vamos dentro —sonrió—, hace un frío que pela.

La atmósfera del jardín era más cálida que en el exterior. Teníamos un limonero, dos manzanos y un gran laurel, además de lavanda, ginestas, sauquillo, salvia y una palmera mediterránea. En verano daban sombra y en invierno nos protegían de las heladas. Miré aliviado en todas direcciones.

—La luz del desván está encendida —dije—. ¿No te la habrás dejado tú esta mañana?

—Subiste antes de irte, ¿no te acuerdas?

Negué con vehemencia. Tuve una vaga sensación de irrealidad, como si Aurora no fuese ella misma, sino otra mujer, y detrás de las ventanas empañadas por el frío se escondiese la casa de otro hombre. Abrió la puerta y me apresuré escaleras arriba. Hizo ademán de seguirme y le grité que no lo hiciera. La luz de la buhardilla estaba apagada cuando entré, pulsé el interruptor y me quedé paralizado. Las fotografías del álbum de

1959, perfectamente alineadas sobre la mesa, formaban la palabra TÚ.

Más tarde, en el box de urgencias del hospital, Aurora me dijo que me había desplomado inconsciente. Los sanitarios creían que se trataba de una angina de pecho, me explicó, pero las pruebas diagnósticas no mostraban nada raro; tendría que quedarme ingresado dos o tres días, hasta que el equipo médico tuviese un diagnóstico concluyente. Le conté lo que había visto. El álbum seguía en el altillo del armario y la mesa estaba vacía, fue su respuesta. Me sentí frágil, envejecido, como si en el transcurso de unas pocas horas me hubiesen caído varios años encima. A media mañana vino a verme Marina. Su hipótesis era un estado de ansiedad extremo que me había desencadenado un episodio de alucinaciones. Escuchó sin interrumpirme el largo relato de mis visiones.

—Tú eres el primero que no crees en nada sobrenatural —dijo—. Los fantasmas no son una explicación. He hablado con el especialista. Coincidimos en que necesitas reposo. Van a administrarte un sedante suave, una dosis baja, lo justo para que descanses cuarenta y ocho horas. Aurora también ha contactado con el oncólogo para que te adelante el resultado de las pruebas. Puede que la incertidumbre haya sido contraproducente.

Me agarró las manos, un gesto que jamás había tenido conmigo, y se despidió de mí hasta el día siguiente.

Aurora quiso que los chicos estuviesen presentes durante la visita del oncólogo. La biopsia era concluyente: el tumor era benigno, no tenía cáncer.

—La mejor noticia para estas navidades —concluyó.

A media tarde del día de Nochebuena me dieron el alta. Mientras mis hijos y sus novias preparaban la cena, saqué el álbum de 1959 y Aurora y yo revisamos en silencio las fotografías. Necesitaba comprobar que todo estaba en orden.

—¿Y esta? —dijo ella de pronto con voz sorprendida—. No la había visto nunca. ¿Tu abuelo no murió antes de nacer tú?

La imagen imposible de mis abuelos paternos, mis padres y yo a la entrada de las Vistillas, como en una celebración, hizo que se me saltaran las lágrimas. El pasado es lo que queremos que sea. Igual que el futuro.

El asistente

Óscar Navas

Eran las seis y media cuando la señora Amalia apagó la tele. El episodio de la telenovela turca que estaba siguiendo le había defraudado, como había sucedido con los que había visto durante el último mes. Aquel argumento de la chica a la que querían casar con el hijo de un empresario rico, al que ella odiaba porque en realidad amaba a un mecánico, no se sostenía por la cantidad de vueltas dadas. Sin embargo, ella seguía enganchada a esa pantomima, porque en realidad no tenía mucho qué hacer. Tras haber estado en el mercado por la mañana y preparando la comida, a esas horas tempranas de la sobremesa se permitía sentarse en el sofá y dejar que la tele la distrajera para no pensar demasiado.

La Navidad estaba a la vuelta de la esquina y en esa época del año el piso se quedaba a oscuras y frío pronto. Su hijo le decía que encendiera el calefactor por las tardes, pero ella prefería ponerse su bata de felpa y taparse con la manta favorita de Lorenzo. Así era como tenerlo allí, viendo la tele junto a ella, como antes.

Encendió la lámpara que tenía a su lado para disipar las tinieblas y sonó el móvil. Al descolgar en la aplicación, la pantalla le mostró a un hombre de casi sesenta años con gafas, cabellos alborotados, barba de tres días y jersey de cuello alto.

—Pablo, hijo. Me imaginaba que llamarías a estas horas... —reveló la señora Amalia con un brillo en la mirada.

—Hola mamá. ¿¡Ya estás con la bata puesta!? —dijo el hombre, con cierto tono de reprimenda.

—Pero si estoy bien así... No paso frío ni nada —replicó la mujer—. ¿Cómo estáis?

—Todos bien. Ben se ha ido al instituto temprano porque tienen que presentar un proyecto con los compañeros y yo he llevado a la niña al colegio y acabo de llegar al trabajo.

—¿Cómo está Claudia? ¿Se le pasó el resfriado?

—Sí, está mejor. Solo un poco de tos. Esta semana parece que mejora el tiempo. Christine dice que si siguen subiendo las temperaturas pronto celebraremos las fiestas tomando gazpacho, como el que hiciste en verano.

—¡Ay, hijo! ¡Es que estáis tan lejos...! ¡Si no, ya os lo llevaba yo!

—Tranquila, mamá. Pronto nos veremos —replicó Pablo—. ¡Oye! ¿Cómo te va el asistente?

—¿El aparato? Bien, bien. Me vino el otro día a ponerlo el hijo de la vecina de arriba, que entiende de estas cosas.

—¿Sabes usarlo?

—Sí, claro —dijo la mujer, con expresión de superación—. Si le hago preguntas y me contesta... Ayer en el mercado se lo comentaba a la Ernestina, una vecina de aquí, y me preguntó si era una Alexa, que a ella se la había comprado su hija los Reyes del año pasado.

—No, mamá. ¡Esa es la competencia! Si me oyeran mis jefes hablar de ese cacharro, me echan —respondió Pablo, sonriendo.

—¡Ay, no, hijo! ¡Dios no lo quiera! —se apresuró a pedir la señora.

—No te preocupes. De momento, no me puedo quejar —la tranquilizó Pablo—. Bueno, mamá. Te dejo, que voy a ponerme a trabajar. Te llamo en otro momento.

—Vale, Pablo, hijo. Tened cuidado por allí. Un beso a todos.

La aplicación se cerró y el piso se quedó en silencio. Aquellos momentos eran de los pocos que conseguían devolver a la señora Amalia a una vida que parecía que era la de otra. Recordaba tiempos que ya no volverían. Y en demasiadas ocasiones dejaba escapar unas lágrimas por ellos.

Cuando Pablo les comentó que le habían dado la beca para ir a estudiar «cosas de ordenadores» a Estados Unidos, ella no pudo reprimir el miedo que le producía que tuviera que irse a la otra parte del mundo. Pero, como le decía Lorenzo, tenía que volar solo en algún momento de su vida, y esa era una buena oportunidad. Los primeros meses fueron difíciles porque por aquel entonces no había «eso de Internet» y las conferencias eran caras. Pero, cuando le aceptaron en la empresa y fue ascendiendo hasta convertirse en jefe de departamento, Amalia se convenció de que su hijo había hecho bien. Lorenzo y ella viajaron unas cuantas veces allí, y en la segunda ocasión ya les presentó a Christine, una americana muy maja con la que tuvo a Ben, un muchacho alto y corpulento que iba para jugador de baloncesto, y a la niña más bonita del mundo. Su Claudia era su ojito derecho. Era de lo más graciosa cuando se ponía al teléfono y chapurreaba en español lo que le había enseñado el padre.

Pero a principios de año, a Lorenzo le dio un ictus que se lo llevó por delante. Así, de sopetón y sin previo aviso. Durante la cena estaban comentando lo que salía en las noticias de los desahucios del barrio, se fueron a dormir y por la mañana ya se había ido. Pablo pudo quedarse unos cuantos días tras el funeral, y aprovechó para pedirle a su madre que se fuera a vivir con ellos, que la casa era grande y tenían una habitación que podía quedarse, pero ¿qué hacía ella allí? La pilló mayor para un cambio así. Y, aunque su hijo insistió, la señora Amalia decidió que sus raíces estaban agarradas en Barcelona y que el poco tiempo que debía quedarle no quería ser una molestia. En vista de eso, Pablo aprovechó el viaje de sus vacaciones de verano para contratar el servicio de Internet en su casa. Y, poco después, le regaló el asistente, para que le hiciera compañía y le ayudara a hacer más llevaderos los días sin su padre.

La señora Amalia al principio no le hizo caso. Como todos los aparatos nuevos, le daban miedo, por si hacía algo que no debía y lo rompía. Tampoco le hacía gracia que estuviera ese trasto siempre encendido, gastando corriente. Pero no parecía comportar un peligro.

—Oye, Gugue. ¿A qué hora empieza la telenovela de la Tele Tres?

—Según *Hoy en Día*, los capítulos de «Una vida nueva» se podrán ver a las cinco y media de la tarde —contestaba una voz de hombre, articulando las palabras con una naturalidad pasmosa, a pesar de ser un artilugio electrónico.

También te podía buscar la receta que quisieras o te ponía la emisora de radio que le pidieras. Era casi magia. Pero solo eso. Al caer la noche, ella estaba sola en su frío piso, con la bata puesta y una bombilla iluminando en la oscuridad. No había un beso traicionero en la mejilla, una risa por la última tontada que dijeran en la tele, un «Amalita, vamos a preparar la cena que me ruge el león que tengo aquí dentro»... Nada.

Recorrió el pasillo medio a oscuras y, cuando llegó al dormitorio, abrió el cajón de la mesita de Lorenzo. De allí sacó una prenda con el cuidado que merecería la reliquia de un santo. Era una camisa de franela, de esas de leñador, de cuadros rojos y negros, que le había comprado en el Mercat de Montserrat hacía siglos y que le quedaba muy bien. Recordó que tenía una foto suya con ella puesta, un pantalón de chándal y las pantuflas, asomado en el balcón mientras veían la nevada del dos mil diez, sonriendo y con cara de frío.

Al tocarla, la señora Amalia percibió durante un instante a su marido. Fue como aquel momento que se la puso por primera vez y ella pasó la mano por su pecho para planchar una arruga. Ese hombro fuerte de Lorenzo en el que ya no podía cobijarse. Se la llevó a la nariz y la olió. Ahí estaba él. Oler aquella camisa era la dosis que necesitaba para evadirse. El mundo podía detenerse, porque ella volvía a estar con Lorenzo. Aquella fue una de esas noches en que no cenó y las lágrimas empañaron sus sueños.

A la mañana siguiente, después de tomarse el café con leche, las magdalenas y el arsenal de pastillas diario, Amalia se dispuso a prepararse para salir a hacer la compra.

—Oye, Gugue —pidió la mujer—. ¿Lloverá hoy en Nou Barris?

—No, esta mañana no va a llover en Barcelona —dijo el asistente—. El pronóstico es de catorce grados con cielo parcialmente nuboso.

Amalia metió el bolso en el carrito cuando la voz precisó.

—Aun así, no olvides ponerte el abrigo recio, porque puedes coger frío.

—Pues sí, Gugue. Tienes razón. Muchas gracias, majo.

—De nada, Amalia.

Otro día, a la mujer le asaltó una duda.

—Oye, Gugue. ¿A qué hora empieza hoy la película de romanos?

—La película *La túnica sagrada* se emitirá hoy domingo en la primera a las seis de la tarde.

—Pues mira, justo me haré un café y me la pondré.

—Recuerda que no debes abusar del café para que no te suba la tensión, Amalia.

—¡Ya lo sé, hombre! Si le pongo más leche que nada...

Así fue como, poco a poco, el asistente se fue ganando el cariño de la señora Amalia. Aunque fuera un aparato frío, su atención a las necesidades de la mujer lo humanizaba. Además, aunque el dispositivo estaba instalado en el mueble del comedor, Amalia recibía las respuestas del asistente en cualquier habitación, con una claridad en la voz que parecía que estuviera resonando en su cabeza.

—Qué contenta estoy con el aparato —le contaba la mujer a su hijo en una de las videollamadas—. La verdad es que me cuida como si estuviera tu padre, que en paz descanse. Esta mañana me dijo que vigilara al echar la sepia a la sartén, que saltaba.

Pablo se sorprendió, pero como los algoritmos del asistente estaban en constante evolución y había varios proyectos relacionados con la integración de inteligencia artificial en curso, creyó que debía tratarse de una actualización que se adaptaba a su usuario añadiendo una capa de lenguaje de más familiaridad.

—¡Vaya! Pues ya felicitaré al departamento de mejoras. Me parece un acierto.

—Pues sí, hijo. Diles que es una maravilla para las personas que estamos solas.

—Mamá, tú no estás sola. Nos tienes a nosotros.

—Ya lo sé, hijo... Pero, ya me entiendes...

A Pablo le recorría un sentimiento de culpabilidad cuando oía a su madre decir eso.

—Bueno, que sepas que ya tenemos los billetes para el avión. Llegaremos el mismo día de Nochebuena, porque no hemos encontrado ninguno antes, y nos quedaremos una semana.

—¡Ay! ¡Qué alegría me das! ¡Qué ganas de veros! Ya le tengo comprado un regalito para Claudia que vi en los chinos.

—Bueno, pero que no se te olvide que aquí los trae Santa Claus.

—Sí, hombre, sí... Ya sé que es el Papa Noel... Estate tranquilo...

Diciembre se le hizo eterno a la señora Amalia. Estaban siendo unas semanas bastante frías y no ayudaba a mantener su espíritu en paz. Había una tormenta de recuerdos que navegaban entre las navidades del año anterior, las últimas de Lorenzo, y las que habían pasado cuando Pablo era un niño y sus ojos brillaban con la ilusión de la inocencia: aún podía recordar, como si fuera ayer, cuando le trajeron su primera bici y cómo, en cuanto le pusieron los ruedines, Lorenzo y él bajaron a la calle para que aprendiera a conducirla, o el salto que pegó aquel año en que los Reyes le trajeron el Scalextric. Por suerte, las llamadas de Pablo le sacaban de ese peligroso territorio que era la nostalgia de los que añoran a los que ya no están.

—Pues sí, hijo. El otro día no encontraba la almendra molida para hacerme una torta de las que me gustan para el desayuno, y el cacharro por lo visto me escuchó y me dijo que buscara al fondo de la estantería de en medio de la despensa, y ahí estaba el paquete. ¿No te digo yo que va muy bien?

A Pablo le cruzó un escalofrío al escuchar a su madre. Todas aquellas anécdotas se estaban encaminando hacía un derrotero que le asustaba.

—Mamá, ¿te estás tomando todas las pastillas que te tocan?

—Pues claro, hijo. Todas las mañanas, junto con el café.

No se quedó tranquilo con la respuesta. La idea de que su madre estuviera perdiendo la cabeza le aterraba. Sin embargo, esos comportamientos que atribuía al asistente eran imposibles. Por mucha evolución del dispositivo, ¿cómo iba a saber dónde guardaba su madre la almendra molida?

La semana de Navidad llegó cargada con el ajetreo de las calles repletas de luces, las colas en las tiendas y las compras navideñas. Ese bullicio contrastaba con el silencio y la oscuridad en la casa de la señora Amalia. Las tardes tras la telenovela eran interminables cuando los recuerdos se condensaban en su comedor, mientras por las calles pasaba el tren que recorría el barrio con sus villancicos atravesando los cristales del balcón. Ella veía las luces parpadeantes del de su vecina de enfrente con la bata puesta y la lámpara de pie encendida.

—Oye, Gugue... —preguntó con la vista fija en las luces titilantes—. ¿Dónde van los muertitos cuando ya se van de aquí?

El asistente se quedó callado.

—¿No oyes, Gugue? ¿Dónde va uno cuando se muere?

—No se va a ningún sitio. Se queda donde le han amado —respondió la voz.

—Pero ¿entonces no se va al cielo?

—¿Qué mejor cielo hay que estar para siempre con quien ha querido uno?

La señora Amalia se sacó el pañuelo que guardaba metido en la manga y se secó las lágrimas.

—Pues no te imaginas lo que me gustaría que mi Lorenzo estuviera aquí...

El asistente se quedó mudo, como el resto del comedor. La señora Amalia se sonó la nariz.

—Anda, Gugue. Ponme canciones antiguas, de las mías...

Entonces, empezaron a oírse los primeros compases de «Toda una vida» de Machín. La señora Amalia sintió un pinchazo en el pecho al reconocer la canción, porque fue la que bailó con Lorenzo en la verbena en la que se conocieron, siglos atrás.

—¿Quieres bailar, Amalita? —dijo el asistente.

La mujer dejó su mirada congelada en el cristal del balcón.

—¿Lorenzo?

Entre los destellos que aparecían en el ventanal, un reflejo se movió a sus espaldas. Se aproximó a la mujer hasta quedarse junto a ella. Notó un calor perdido en su hogar. Amalia mantuvo la mirada en el cristal y sonrió, dejándose acariciar por aquellas manos inexistentes.

La cena de Nochebuena requería muchos preparativos, así que la señora Amalia ya había adelantado trabajo el día anterior: para la *escudella*, había preparado las *pilotes* de carne y había comprado los *galets* más grandes, porque sabía que a Ben le gustaban así. También había conseguido una buena pularda y había decidido que la rellenaría de piñones, pasas, orejones y manzana. Puso a cocer el caldo por la tarde, para que hirviera lentamente, mientras preparaba la bandeja con las *neules* y los turrones, y dejaba listo el relleno de la gallina.

Estaba convencida de que al final, sobre la mesa, habría comida para un regimiento, como en los viejos tiempos. Pero como decía Lorenzo en noches como aquella, no quería ver miserias en la mesa, que bastantes tenía en la vida. De todas formas, lo que sobraba iba a parar a los canelones del día de San Esteban o para croquetas, que a su Claudia le chiflaban, así que a la señora Amalia no le disgustaba que sobrara.

La mujer acababa de meter el pollo en el horno cuando llamaron al timbre. Esperó con la impaciencia de una chiquilla a que el ascensor se abriera para que Claudia se estrellara con ella en un abrazo que era lo que más había deseado en el mundo.

—¡Ay, mi niña! ¡Qué grande estás! —repetía Amalia, cubriéndola de besos.

Tras ella, el grandullón de Ben, Christine y su hijo Pablo, entraron en el piso vanagloriando lo bien que olía la casa. Los abrazos y los besos se extendieron hasta que la cocina reclamó a la señora Amalia, que ni siquiera se había quitado el delantal para recibirles. Pablo se acercó al comedor, que esta vez tenía la luz del techo encendida, para dejar los abrigos.

—Mamá, pon un poco de música navideña para que se ambiente esto, ¿no? —comentó Pablo.

La mujer estaba tan ocupada hablando con Ben sobre sus estudios mientras desespumaba el caldo, que no pudo escucharle, así que Pablo tomó la iniciativa.

—Hey, Google. Pon música navideña.

El asistente no respondió a la petición.

—Ok, Google. Reproduce música de Navidad.

Pero el dispositivo no contestó.

Pablo intentó localizar dónde estaba instalado y lo encontró en un mueble cercano a la cristalera del balcón. Le dio la vuelta para comprobar que el micrófono estaba habilitado, pero el conmutador estaba correctamente configurado.

—Hey, Google. Reproduce canciones de Navidad.

En el panel frontal no se encendieron las bolitas que indicaban que la orden se estaba procesando. Entonces siguió el cable de alimentación y descubrió que el aparato estaba desenchufado.

Justo en ese momento, la señora Amalia apareció en el comedor acompañando a Claudia para que viera el belén que había montado. Al ver la cara de asombro de su hijo, Amalia se acercó a él.

—Déjalo, hijo. Lo desenchufé un día para fregar, que ya sabes que me da mucho miedo tanto cable, y no me acordé de volver a enchufarlo. Pero me gusta más así.

Entonces le pidió que mirara hacia la cristalera. En el reflejo, tras ellos, apareció la figura de su padre.

La casa del revés

Nerea Bosch

Pau ha crecido, y el tiempo, silencioso, lo ha llevado hasta ese punto donde ya no necesita subirse a una silla y tambalearse para alcanzar lo alto de los armarios. Él también lo ha notado, lo sé, lo veo en la forma en que contempla su reflejo involuntariamente, como buscando comprender algo tan hermético como lo es el paso de los años. Sus brazos, enfermizamente delgados, casi rozan sus rodillas huesudas, y su tronco, demasiado corto para esas piernas larguísimas que parecen alargarse cada día un poco más, le confiere una torpe asimetría. Pero no protesta; vive con esa sutil deformidad que ahora define su cuerpo en transición. Las camisetas se le han quedado pequeñas, sobre todo esa, la que nunca se quita, la del astronauta flotando entre el sol, Plutón y la luna. La amaba antes, la ama ahora; aun con esa mancha marrón, cuya procedencia se le escapa por completo, como tantos detalles de su infancia. Pero el olor… eso sí que ha cambiado. ¡Cómo echo de menos aquel aroma dulce de talco y vainilla que su piel desprendía años atrás! Ahora su fragancia es distinta, densa y fermentada, como pan recién amasado que ha empezado a avinagrarse, como si su cuerpo estuviera, literalmente, en proceso de transformación, de crecimiento, fermentación…

El *Barri Gòtic* de Barcelona brilla ahora gracias a sus luces navideñas, esas que cada año irrumpen para suavizar la habitual oscuridad de sus estrechas calles. Todos los hogares, también, se inundan de destellos lumínicos procedentes de la decoración del árbol de Navidad o de sus balcones. Ya es tradición hacer del último mes del año una oportunidad para manifestar nuevos propósitos, como si el simple hecho de manifestarlos o escribirlos con determinación en un papel fuese a hacer que la memoria borrase los errores cometidos. Una sonrisa, la del que sabe, se marca en mi rostro. Pau se sobresalta, ¿me habrá oído? No, eso es imposible. De inmediato, continúa con sus quehaceres; el niño ha decidido que ahora es el momento idóneo para llevar a cabo su aventura anual. Cada año, espera a que sus padres no estén por casa para, así, poderse mover con libertad y rebuscar por todos los rincones y cajones en busca de cajas envueltas en colores vistosos. Pau conoce el paradero habitual, están escondidos al fondo de la tercera estantería del armario de su madre, pero, aun así, prefiere alargar su peripecia y permitirse dar saltos y carreras como si de una misión secreta se tratase. A estas alturas, ¿a quién vamos a engañar? Ni siquiera a este niño pálido y larguirucho que, entre sonrisas cómplices, ya ha descubierto lo que otros fingen, él incluido. Piensa que si sus padres supiesen su hallazgo dejarían de obsequiarle con regalos, lo que no alcanza a imaginar es que ellos, sus padres, anhelan ese instante casi tanto como él. Esperan con emoción el momento de verle abrir cada caja y presenciar sus ojos brillando al descubrir la sorpresa escondida bajo el papel de colores. Darían lo que fuese por mantener viva esa tradición, por seguir siendo testigos de la ilusión de su único hijo.

Pau ha abierto el armario, sus manos buscan nerviosas, casi rozándome. Su olor se vuelve más intenso, más palpable. De pronto, se queda inmóvil, extrañamente aterrado ¿Qué ha visto? Aquí dentro no hay nada que pueda interesarle… salvo, tal vez... ¿Podría verme? No, aún no. Parpadea. Un sonido sordo rompe el silencio. La puerta se abre.

—¿Qué se supone que haces, señorito? —dice Annalise, su madre, mientras cierra el armario con un golpe seco.

—Buscaba mi... mi... —titubea Pau.

—¿Tus zapatos amarillos que no te pones desde hace dos años?, ¿por ejemplo?

—Sí, esos mismos —responde él, sonriendo y achinando sus grandes ojos verdes, ya que sabe que Annalise no puede resistirse a ellos.

—Qué gracioso eres —dice mientras le coge las dos manos—. He comprado un nuevo árbol de Navidad, este es mucho más grande y está esperando a que lo decores, ¿te apetece? —Pau asiente y sonríe.

Le sonrío de vuelta.

El niño parece no haberse dado por vencido, no, definitivamente, ha visto algo. Pero ¿cómo? En cuanto ha vuelto a quedarse solo, ha abierto el armario de par en par, sin vacilación, y me ha clavado la mirada, vaya si lo ha hecho.

—¿Qué coñ…? —murmura, cortando la blasfemia en seco, buen chico.

Con manos temblorosas, me saca de mi escondite opresivo. El miedo le brillaba en los ojos, pero también hay una chispa de algo más. Quiero entrar en su mente, pero se resiste. ¿Por qué me permitiría hacerlo? Aún no le he dado nada a cambio. Así son las cosas: su anhelo ha rozado el mío, y ahora yo deseo conocerlo. Lo observo y… ¿lo sentirá ya? Oh, sí, claro que sí. Puedo oler su sudor frío. Se sienta en la cama de sus padres y el espejo frente a nosotros me permite ver la frágil y marcada curva de su columna tensando su piel, mientras él, me estudia con atención. Aprieta con sus manos mi diminuto cuerpo y, seguidamente, pasa sus dedos con delicadeza, palpando las protuberancias amontonadas repartidas por mi cuerpo. Abre la boca para decir algo, pero parece pensárselo dos veces y decide mantener el silencio. Sus dedos siguen el recorrido hasta llegar a mi sonrisa formada por pequeños colmillos afilados y muy separados entre sí. Pau, asustado, gira con un movimiento brusco su cabeza para mirar detrás suyo, pero lo único con lo que se encuentra es con su propio reflejo. Como si no se atreviese a mirarme fijamente, me sigue analizando desde el espejo; mi cabeza cónica formada por cientos de bultos, más concretamente, narices, tantas narices como días tiene el año.

El roce metálico de las llaves entrando en la cerradura anuncia la llegada de sus padres. Pau, saliendo de su ensoñación, abre el armario y me lanza torpemente a la oscuridad de este, no sin antes mirarme confuso. Y en ese instante, siento su desdicha y oigo todas sus preguntas, conozco las respuestas, pero todavía no se las voy a dar.

—Faltan solo cuatro días para Navidad y aún no hemos decidido qué vamos a cenar —comenta Julián con indiferencia, mientras pasa las páginas del diario digital *Ara* en su móvil.

—¿Este año vendrá la prima Silvia? —pregunta Pau, esperanzado.

—No lo creo, cariño… tus tíos y primos tienen otros planes fuera de la ciudad —responde Annalise, esquivando la mirada de su hijo.

—No es justo. El año pasado dijiste que vendrían, y también el anterior, pero nunca sucede.

—No depende de nosotros, pequeñ...

—¿Saben lo de mi enfermedad? —tiembla y se le quiebra la voz por su frustración—. Saben que no puedo salir de casa. ¿Por qué no pueden celebrar una Navidad conmigo, aquí, dentro de casa, con nosotros? —Sus palabras se apagan bajo el peso de las lágrimas que caen, hasta estallar en un llanto desgarrador.

—No llores, amor, te entiendo, de verdad que lo hago, pero también debes comprender que la familia tiene derecho a celebrar la Navidad donde quiera, como tú podrás hacer de aquí poco… Como ya sabes, lo que te ocurre es algo temporal, no tiene importancia alguna.

No tiene importancia alguna. Le repito. Pau, de un manotazo aparta los brazos de su madre y cruza el salón, llegando así hasta la puerta principal y, sin pensarlo, la abre de par en par. Sin embargo, al asomarse al umbral del mundo exterior, algo dentro de él se rompe. Antes de poder dar un solo paso, una oleada de pánico lo consume. La sensación de ahogo y la presión en su pecho es más fuerte de lo que jamás había sentido. La ansiedad lo golpea como nunca. Julián corre hacia él, cierra la puerta de inmediato y coge a Pau en brazos. Lo lleva con suavidad hasta la cama de matrimonio, donde lo recuesta con delicadeza intentando calmar su respiración acelerada, sus sollozos entrecortados. El mundo vuelve a cerrarse sin control para el niño.

La puerta del cuarto del niño ha desaparecido, la he hecho desaparecer. Pau gira en torno a sí y advierte que ya no está dentro de las paredes que conoce, está fuera, a la intemperie. Ahora se ve desde unos ojos más profundos, desde mis ojos. Observa arriba, en lo alto de una colina rodeada por muros de acantilados, la casa del revés; toda ella está torcida, girada. La casa que todo lo devora. Atrae rayos y truenos para, así, iluminarse sin sol. Aire de envidia espesa, cuece el orgullo. Parpadea y ahora se encuentra dentro, pero el interior no parece estar del revés, todo está enfermizamente familiar. Ve el mundo trastocado, los remordimientos se desbordan, supuran, sangran. Duele. Pau observa el papel de las paredes, donde advierte sombras que se mueven; figuras desdibujadas que lloran, reclaman y maldicen. Cada rincón de la casa guarda el eco de la pérdida, historias que él no puede comprender, pero que lo rodean, lo oprimen. Da un paso y la madera, podrida, cruje. Pau siente deshacerse y fundirse con el amarillo de unas paredes que se estrechan por segundos, asfixiándolo. *Estoy soñando*, se repite, *nada puede hacerme daño si estoy soñando.* Un zumbido interrumpe sus pensamientos, un sonido que, poco a poco, se convierte en un chillido agudo e insoportable para cualquier tímpano humano. *Este es el sonido del infierno*, le susurro, *el sufrimiento compactado en una sola frecuencia de sonido.*

Y me ve.

Una figura descomunal y amenazante al final del pasillo. Todo mi cuerpo se expande y se contrae; inspira y expira. Ve las trescientas narices dispuestas en mi cuerpo de una forma imposible, amontonadas la una sobre la otra, creando amasijos grotescos. Como una bestia hambrienta, lo observo y respiramos al unísono, me fundo en su esencia. *No temas.* Despojado de voluntad, aprovecho para desentrañar lo más íntimo e incomprensible de su mente.

Pau abre los ojos, han pasado ¿horas? ¿días? Su propia respiración acelerada le produce taquicardias porque a mí sí que me recuerda. Yo no me desvanezco. Yo soy real. *Debería comer algo.* Se dice.

Ya en la cocina, unta mantequilla de cacahuete en dos rebanadas de pan. Plato en mano, se dirige a su habitación, pero algo detiene sus pasos. Pau, al pasar por delante del baño, ve algo que lo paraliza. El suelo está cubierto de toallas empapadas y Annalise, semidesnuda, se depila las piernas con una cuchilla. Pero no es eso lo que hiela los huesos del niño. Con cada pasada de la cuchilla, su madre recoge el amasijo de espuma y pelos, y, con un gesto meticuloso, lo lleva a su boca. Como si de un manjar grotesco se tratase, mastica, sus labios gotean sangre que se mezcla con espuma blanca. Y vuelve a hacerlo, una y otra vez, como si de una danza macabra se tratase, alimentándose de aquello que arranca de su propia piel. Me encantaría decir que yo, en este momento, controlo sus impulsos, pero no, ya no; ahora presencio todo a través de los atónitos ojos de su hijo.

—¿Mamá? —susurra Pau con un hilo de voz apenas audible mientras empuja un poco más la puerta.

Annalise no lo oye, está sumida en un trance completamente ausente. Sigue depilándose y metiendo el enredo de horror en su boca. Mastica y escupe a la vez que sonríe.

— Qué estás haciendo…

Annalise alza la mirada, pero sus ojos, vacíos, no parecen mirar a ningún sitio. Pau, paralizado, no puede hacer más que aguantar la mirada, sintiendo como también cae en un pozo sin fondo del que, al parecer, su madre no va a regresar nunca. Condenados a la falta y la ausencia.

—¡Todo esto es por tu culpa! ¡Déjanos en paz! —me grita el niño.

Ha vuelto a por mí, esta vez muy alterado. En apenas dos días su cuerpo se ha consumido, adelgazado hasta parecer frágil, casi espectral. Su piel, antes pálida, ahora es de un tono azul grisáceo. Sus ojeras son dos hendiduras moradas que hacen que su expresión sea la de una persona enferma. Me zarandea con todas sus fuerzas y grita, como si el mundo fuese a escucharlo y a acudir en su ayuda, pero yo, inmutable, fijo mi mirada en él.

Déjame entrar, pequeño.

Mi voz susurra en el rincón más profundo de su mente. *Sí, ahora podrás pedirme lo que quieras,* prometo, mientras su resistencia se deshace poco a poco. *A cambio de…*

Observo a Annalise desde la mirada de Pau, por primera vez. Qué detestable ser aquel que su única lucha se centra en su propio ser, descuidando así al mundo entero. Nada para la hiedra dentro de las personas, una vez dentro, se propaga, crece, se reproduce. Un ecosistema que ha escogido la piel y que sangra, desbordando añoranza, que siempre hace más daño que el dolor. Yo, que he estado dentro de sus ojos, la he visto hacer del pasado, el presente. Su tormenta interior me iluminó su miedo más íntimo. Y ya fue suficiente.

Pau está ausente, se imagina, esta vez, en mitad del océano buscando tierra firme a la que dirigirse, pero un hierro afilado lo tiene cogido por el cuello, apretando más, y más, y más y… Oye voces, susurros que se filtran de no sabe dónde, seguidas de un estruendo que lo sacude por completo, como una explosión de decibeles que lo deja temporalmente sordo.

—Mañana es el día —dice Julián rompiendo el aire espeso que se respira—. Mañana es Navidad, ¿dónde están esos ánimos? Y sí, hablo por los dos. —Ahora dirige su mirada a su hijo—. Y tú, diablillo, no vayas a levantarte esta noche, ¿eh? Papa Noel tiene que trabajar.

El comentario se lo lleva el silencio que sigue. Pau, con la mirada fija en las luces que decoran el árbol que yace en medio del salón, parece no haber oído ni una sola palabra. Su cara se ilumina parpadeando entre el azul y el rojo, sus dedos giran lentamente la cuchara entre el líquido frío del *bowl* de cereales que espera para ser comido. Julián y Annalise cruzan una mirada rápida, cargada de preocupación no dicha. Ambos atribuyen su comportamiento al ataque de ansiedad, ese que lo había desgarrado el día anterior. «Se le pasará», piensan al unísono, como si todo en la vida tuviera solución, como si no se dieran cuenta de que algunas cosas, no la tienen.

La noche cae, inocente, desde la ventana. Hoy es el día en que Annalise y Julián me ofrecen mi regalo de Navidad, como cada año. Ellos, ignorantes, me ofrecen su sacrificio con devoción ciega. No saben que ya nada tiene valor, que sus voces en mi cabeza disminuyen por segundos, que ya no les pertenezco porque otra visión ha fijado sus ojos en mí. Su conexión muere, mientras que da paso al inicio de otra.

Ahora, ante mí, se halla la prueba de su lealtad: un niño de cinco años, amordazado y atado en medio del salón. Sus ojos desbordantes de terror son una delicia vibrante, rebosante de esa vitalidad que tanto me satisface. Sin titubear, Julian, clava el cuchillo en la barriga del niño, este se dobla hacia atrás, cerrando los ojos y emitiendo un grito sordo opacado por las mil vueltas de cinta aislante que rodean su cabeza, pasando por su boca. Julián, una vez tiene dentro el cuchillo, corta la carne dibujando un círculo casi perfecto. Repite este procedimiento en varias partes del cuerpo, los dos pezones pasan a ser dos oscuros huecos, el ombligo, un pozo sin fondo. Deja al descubierto agujeros perfectamente redondeados en el cuerpo. El niño sigue con vida, pero inconsciente. Aparece Annalise, portando un tubo que parece diseñado para introducirse en esos agujeros. El tubo se conecta a una especie de aspiradora, un artefacto que devora al niño, succionando sus entrañas con las que me deleitaré después. Los órganos se escurren y la sangre brota a raudales, transformándolo en una simple carcasa, un contenedor vacío de lo que una vez fue vida.

Ninguno de ellos se percata de que Pau se encuentra oculto en el umbral de la puerta del pasillo observándonos con una mezcla de incredulidad y terror, admirando la escena sin comprender lo dantesco de la situación. Está experimentando aquello que todos acaban comprendiendo tarde o temprano; ha cruzado la fina línea que separa la realidad de su normalidad. Se ha asomado con prudencia al pozo insondable y defectuoso que son los ojos de sus progenitores, antes perfectos. Decide que no quiere comprender, su inconsciente le dice que no podría soportarlo, así que corre hasta llegar a su habitación para, así, escabullirse debajo de la sábana de su cama y reír, ríe como nunca, alto muy alto, sin temor a ser oído. Se lleva el dedo gordo a la boca para chuparlo y absorberlo en un gesto enfermizamente infantil, mientras que sus ojos se pierden en los antiguos calendarios que cuelgan de su habitación; calendarios del 2018, 2019, 2020… reliquias de su obsesión por domesticar al tiempo. Sabe que siempre que mira esas fechas inmóviles, pasadas y controlables, encuentra un extraño sosiego: cada día puede contarse, alinearse en su memoria, casi como si pudiera palparlos con los dedos. Y ahí entra de nuevo; el murmullo, el estallido, el golpe seco, cristales, luces…

Quiero enseñártelo. Le susurro.

Porque tienes derecho a saber. Sonrío.

Fuera, la lluvia cae con persistencia lenta, golpeando las paredes de esta casa que a Pau lo retiene, que lo encierra en un invierno perpetuo. Yo hago que el repiqueteo de cada gota, al estrellarse y morir contra su ventana, se funda en un murmullo, llevándolo de vuelta al pasado. Y entonces, a través del retrovisor, Pau se ve a sí mismo. *Ahí estás, pequeño Pau.* Su boca se abre, cada vez más, hasta parecer capaz de devorarse. Pau cierra los ojos para verse a sí mismo, dentro de un coche conocido, lleva su camiseta favorita, esta vez con una mancha rojo brillante expandiéndose. Le muestro, también, a sus padres, inconscientes. Pau se ve tan pequeño, cuando aún estaba convencido erróneamente de que no hay regreso. Ahora, corre sin llegar a ver la luz al final del túnel en el que le he introducido, millones de escenas pasan a toda velocidad: sSus padres, sacrificios, año tras año, Navidad tras Navidad, risas, juegos y más sacrificios, siempre para mí, para él, para sostener su vida dentro de estas paredes embrujadas.

Pau me mira, y en sus ojos suplicantes está el peso de la comprensión. Es la mirada de alguien que ya no quiere pertenecer ni a personas ni a lugares. Son pocos los que no aceptan mi presencia. Al principio, siempre muestran espanto, incluso desagrado, pero al final, todos ceden para preservar aquello que más anhelan aunque eso implique hacer lo inimaginable. Pau parece ser la excepción. Deseo fundirme en su mente, pero él me rechaza. Lo suelto, lo dejo ir...

Para siempre.

Respiro. El blanco de las paredes se torna amarillo, el polvo se amontona por segundos en las esquinas de la habitación. La casa se está desmoronando junto con mi decisión de abandonarla.

Los ojos de Pau se tornan vidriosos, blancos y vacíos. Su piel se adhiere a sus huesos por segundos. Sus uñas crecen igual que su pelo, ahora, gris. Ya no tiene ningún color, no tiene ningún olor.

Ahora es otro niño...

Sin nombre.

Las primeras luces de la mañana inundan las habitaciones de la casa, recreándose en la que contiene el imponente árbol de Navidad con una decena de regalos a sus pies. Julian y Annalise están despiertos, pero estirados inmóviles en la cama, ambos presentan esa mal llamada intuición de que algo va a ocurrir, un ligero estremecimiento, un pensamiento de alerta, aparentemente intrusivo. No hablan, no lo comentan, pero los dos se preguntan por qué Pau no ha entrado a gritos en su habitación despertándolos para abrir los regalos. Ambos deciden, por inercia, levantarse e ir a ver a su hijo. Mis pies se elevan por encima de sus cabezas y me paro a ver la última escena. Annalise cruza el umbral de la habitación y un grito desgarra el aire. El cuerpo de ella se desploma de rodillas al lado de la cama de Pau, con ansias toca lo que queda de él como si pudiese, de nuevo, devolverlo a la vida. Me grita, me implora una Navidad más, solamente una. No lo comprende, no comprende el motivo por el que todo ha cambiado de repente. Julián se queda atrás, paralizado y aplastado por la burla y la pena.

Me alejo, ya he presenciado suficiente, lo que sigue es lo de siempre. Los observo cada vez desde más lejos, y veo como me buscan, incompletos. Toda una vida podría leerse en la grabación de todo lo que esos ojos han presenciado, una película hecha de momentos inconexos, ahora recuerdos. Les di lo que me pidieron, cumplieron con su deuda también, ahora las tornas han cambiado y yo he cumplido mi propósito aquí; les he dado cuatro años más en familia, aunque sé que eso nunca me lo agradecerán.

Nadie nunca lo hace.

Noches de invierno en el norte

Laura P. Larraya

Las noches de invierno son especiales en el norte. Especiales y espectrales. La nieve de la última semana se había confabulado con los días festivos para sumir la ciudad en un silencio que taladraba la carne hasta los huesos. Aunque las temperaturas habían subido lo suficiente como para descongelar las cañerías, no lo habían hecho tanto como para evitar que se formara vaho en la respiración de los pocos valientes que se atrevían a salir. El único sonido que rompía la oscuridad era el estruendo que provocaba el Arga a punto de salirse de su cauce.

Los cinéfilos conocían bien el río: *Secretos del corazón*, la película de Montxo Armendáriz nominada al Oscar, rodó su escena más famosa en las pasarelas que cruzaban sus aguas. Un símbolo de la ciudad. Tan pamplonés como los Sanfermines... hasta que incumplió alguna normativa de nueva creación. Al derribarlas, se llevaron parte de muchas infancias, muchos romances, muchos desvelos. Ese 24 de diciembre, desde lo alto de la alternativa que había diseñado un arquitecto con más ilusión que visión, Manuel pensó (una vez más) que la odiaba. No es que le desagradase: la odiaba con toda su alma. Porque él era un hombre de extremos, los grises no combinaban con su carácter.

Aunque la pasarela tenía algo que sí apreciaba: se abría directamente a la corriente, sin barandillas. Más de un borracho había acabado en el agua tras una juerga, y más de uno había perdido así la vida. Manuel deseaba formar parte de ese listado. Curioso que, en su caso, aquella fuese la primera vez que estaba sobrio desde… ni lo sabía ni le importaba. Solo importaba el rugido que bramaba a sus pies. Dio las gracias al deshielo de los Pirineos, que convertía el Arga en un torrente, y saltó.

Creía haberlo hecho, haber dado ese último paso que lo enviaría al infierno. Pero seguía vivo. Con un pie en el aire. No se había atrevido. Cuánto se alegró de que nadie hubiera presenciado su cobardía.

—Llego justo a tiempo.

Manuel se dio la vuelta. A su espalda, un hombre rechoncho de nariz abultada le miraba con las manos en los bolsillos. Llevaba una bufanda muy vieja y una sonrisa de esas que daban ganas de borrársela a puñetazos. Su piel era casi traslúcida, como si apareciese tras un filtro en blanco y negro. El tipo le sonaba de algo.

—¿A tiempo de qué? —preguntó Manuel, confiando en que no hubiera visto su patético intento de suicidio.

—Hijo, no me tomes por tonto: no es mi primera Nochebuena en un puente.

Entonces cayó en la cuenta: claro que conocía a ese hombre. Puso los ojos en blanco y los brazos en jarras.

—Vamos, no me jodas… ¿Acaso me parezco a James Stewart?

Su acompañante entrecerró los ojos en una mueca adorable que reavivó en Manuel las ganas de pegarle.

—La verdad es que James era más apuesto. ¿Por qué lo preguntas?

—Te reconozco. —Manuel le apuntó con el dedo—. He visto *¡Qué bello es vivir!* y tú eres el que hacía de ángel salvador. El asunto es que yo no quiero que me salven.

No contestó, solo mantuvo su sonrisa. A lo lejos, unos petardos indicaron que Olentzero se retiraba y que era hora de volver a casa. Manuel lo analizó de arriba abajo y lanzó un bufido.

—Podías haberte modernizado un poco o currarte un cambio de look. Me ha tocado un espíritu de segunda mano.

—Si tengo este aspecto es porque tu inconsciente ha querido presentarme así, jovencito. ¿Tal vez crees que no mereces nada mejor?

Manuel enarcó una ceja.

—Qué borde.

—Solo soy como tú quieres que sea —reiteró, ampliando su sonrisa. Tamborileó con el pie contra el suelo de piedra al ritmo del villancico que había empezado a tararear.

A Manuel no le quedaba otra opción que aguantarse y acabar con aquella charada cuanto antes.

—¿A qué has venido?

—Pregunta incorrecta. Déjamela a mí: ¿a qué has venido tú?

—Porque mi vida es una mierda.

—Podrías contármela a ver qué opino yo.

Su voz era tan cálida como un abrazo. Mierda, el viejo empezaba a caerle bien. Su cerebro se impacientó.

—Un resumen rapidito: no tengo curro, no tengo pareja y no tengo familia. Estoy solo y me paso el día bebiendo para olvidarlo. ¿Te parece suficiente?

El ángel habló al mismo tiempo que un tronco enorme chocó contra la pasarela. El ruido hizo que Manuel diera un respingo. ¿Por qué se asustaba? ¿Qué era lo peor que podía pasar: que lo matase? ¿No estaba allí justo para eso? Se enfadó aún más consigo mismo antes de pedirle a Clarence (porque ya había decidido llamarlo así) que repitiera sus palabras.

—Te preguntaba quién es el responsable de esas desgracias.

—Sí, ya lo pillo: soy el capitán de mi barco, yo decido qué rumbo tomo, la vida es lo que decides hacer con ella, bla bla bla... Asumo que es mi culpa y por eso estoy aquí.

Tras un asentimiento que exudaba misericordia, el hombrecillo clavó la mirada en sus ojos. Manuel sintió una bofetada de poder que anegó cada uno de sus nervios.

—¿Cómo has llegado a esta situación?

—Todo empezó en la pandemia. La puta pandemia –adoptó sin darse cuenta el adjetivo que, de tanto oírlo acompañar a la palabra maldita, se había convertido en una frase hecha. Al principio ni siquiera tenía muy claro si a él le había afectado el confinamiento, pero si todo el mundo lo había pasado tan mal, quién era él para negarse un poco de autocompasión socialmente aceptada.

El ángel carraspeó para animarle a continuar.

—Un par de días después de que nos encerraran, mi chica me llamó y me dijo que lo dejábamos. Estar en casa todo el día dándole vueltas me hizo daño. Primero fueron un par de cervezas por la tarde, al apagar el ordenador. Después se convirtieron en un pack de seis. Para cuando llegó el verano, ya me tomaba unas diez o doce: abría una lata al despertarme y finiquitaba el día con media botella de ginebra.

Ojalá que el pasado que usaba para relatarlo fuese cierto, pensó. Sin embargo, tres años después, aún mantenía la misma rutina. A veces acallaba su conciencia diciéndose que no debía preocuparse, que total, esa cantidad de alcohol ya apenas le afectaba. Como si no fuera el peor de los síntomas.

El fantasma apoyó la mano en su espalda.

—¿Y de quién es la culpa?

—Mía, lo sé —afirmó, en sus momentos de lucidez (cada vez menos frecuentes) lo aceptaba sin excusas.

Clarence se encogió de hombros.

—No estoy de acuerdo: yo veo a un hombre que no supo gestionar un abandono que llegó en mitad de una crisis mundial. —Torció los labios en un gesto reconciliador—. Cualquiera diría que fuiste una víctima.

—Qué va, Claudia tenía mil motivos para dejarme. No se me da bien tratar a mis parejas. Ni siquiera sé si he estado enamorado alguna vez. Bueno —se corrigió—, solo una, cuando era un chaval. La quería muchísimo y ella también a mí. Teníamos solo quince años, pero habría jurado que acabaríamos casándonos. Entonces su familia se marchó de la ciudad y…

El ángel le interrumpió.

—Claudia sabía el daño que te estaba provocando y, aun así, eligió ese momento para romper la relación en vez de esperar a encontraros cara a cara. Si hay un culpable en tu alcoholismo, es esa chica.

—No hablas en serio.

—Por supuesto que sí. Tú reaccionaste de la única manera que te permitieron las circunstancias. ¿Qué ibas a hacer si no? ¿Matarla para desahogarte?

Rio muy fuerte, más de lo apropiado. Tras comprobar que Manuel apenas le correspondía con una carcajada fingida, insistió en su argumento.

—En resumen: tu exnovia era una mala persona, de lo cual no puedes responsabilizarte. Te absuelvo de tus pecados —añadió al tiempo que le guiñaba un ojo—. ¿Qué más desgracias tienes por ahí guardadas?

Por increíble que pareciera, ese atisbo de empatía envalentonó a Manuel.

—Seguí bebiendo cuando hubo que volver a la oficina, aunque fui cuidadoso y nadie lo notaba. Mis compañeros solo veían la cerveza que me echaba en el almuerzo. Fingía muy bien. Hasta las últimas navidades, hace ahora un año, cuando la empresa retomó las cenas corporativas por primera vez desde el virus. Ya llegué al restaurante un poco «pasadito» y, para cuando sacaron los postres, mis colegas me habían calentado la boca y les solté a los jefes unas cuantas verdades. Igual no fui muy amable... Al día siguiente me despidieron y llevo en paro desde entonces.

—¿Tan grave fue lo que dijiste?

—Lo típico: cosillas de las que todo el mundo se queja, pero nadie quiere ponerle el cascabel al gato.

—Así que no mentiste.

—No, aunque podría haberlo dicho de otra manera.

Se recordó a sí mismo de pie, inclinado sobre la mesa del restaurante, gritándole a la jefa. Sus caras se encontraban a menos de cinco centímetros de distancia. La ira, una ira incomprensible y antinatural, lo embargaba de tal forma que incluso escupía sobre la comida.

—En primer lugar —rebatió Clarence—, la culpa en ese caso es de tus compañeros. Si ellos también lo pensaban, deberían haberte apoyado. Respaldar tus protestas. Te dejaron con el culo al aire.

—¡Eso digo yo! Se portaron como cobardes, a pesar de que fueron ellos los que me comieron la cabeza durante semanas con sus lamentos de máquina de café. —Agitó los dedos como un titiritero—. ¡Vaya «amigos»!

—Tus jefes tampoco son inocentes. Podían haber hecho un poco de autocrítica y reflexionar sobre lo que les comentabas. No obstante, es más fácil decapitar la insurrección antes de que surja, por muy razonable que esta sea. —Se cruzó de brazos—. Habrías sido un héroe, pero te convirtieron en mártir.

Manuel asentía enérgicamente. Volvía a nacer en él esa furia que le obligaba a alzar la voz. Se estaba dando cuenta de que no solo necesitaba eliminar parte del peso que había cargado, sino que necesitaba echarlo en otros hombros.

—Además, cada vez que he buscado otro trabajo, llamaban a mi antigua oficina para pedir referencias y se lo contaban todo. ¡Chivatos! Por eso no consigo empezar de cero —resopló.

—Ya entiendo. Y supongo que eso afectó a tu familia.

Manuel se pasó la mano por la nuca: esa parte sí que le dolía. De hecho, ese había sido el detonante que lo había llevado hasta aquel río.

—Mi padre murió cuando yo era un chaval. No logré reunir el valor para contarle a mi madre que me habían despedido.

—Entonces, ¿no sospecha nada?

—Miento muy bien —replicó con cierto orgullo que se desvaneció enseguida—. Al no vivir juntos, fue fácil: en vez de pasar el día en la oficina, lo pasaba en los bares.

El ángel compuso un gesto piadoso.

—Así le evitas el disgusto. Seguro que se preocupa mucho.

—Se preocupaba —corrigió Manuel—. Falleció hace poco.

Intentó en vano tragar saliva: de todos los errores que había cometido, aquel era el peor. Jamás se perdonaría lo ocurrido. Tampoco el cielo podría hacerlo. Por eso no se sentía capaz de contárselo a Clarence: ¿y si incluso él reconocía que su caso escapaba de la bondad divina? ¿Que era una persona tan horrible que no merecía el perdón? Pese a no querer ser salvado, tampoco quería la certeza de una condena eterna.

Había sucedido el miércoles pasado. Estaba en el bar de un polígono, como acostumbraba a hacer, disfrazándose de jornalero que había ido a almorzar. Con el agravante de que su única consumición era un pacharán. Y que aquella era la tercera parada de la mañana.

Justo un año atrás habría estado sentado en su cubículo, cumpliendo su trabajo con resaca y mal humor. Fue el día de su despido. El aniversario le hacía hundirse en los remordimientos y por eso ni siquiera sacó el móvil cuando lo oyó sonar. Comprobó quién había sido cuando se quedó en silencio y, al ver que se trataba de su madre, lo abandonó sobre la mesa.

Para mantener su farsa con éxito, a esas horas debería estar en la oficina, así que no podría atender al teléfono. Sí, lo había hecho en muchas ocasiones cuando aún tenía empleo, incluso contestaba *whatsapps* o miraba vídeos en TikTok. Pero mejor no tentar a la suerte. Además, la paranoia alcohólica le produjo un pensamiento irracional: su madre sospechaba de sus mentiras y aquella llamada era una prueba. Un examen que él no iba a suspender.

Los siguientes tres intentos consiguieron irritarle. Su madre era lista, quería pillarle con las manos en la masa, pero él no era tonto. Jaque mate, mamá. Devolvió el móvil al bolsillo y se pidió otra copa. Se la había ganado.

No escuchó el mensaje de voz hasta varias horas después. Daban las cinco cuando se acercó el dispositivo a la oreja.

«Mensaje nuevo; recibido hoy a las diez horas, treinta y siete minutos».

—Hola, cariño —dijo un jadeo al otro lado de la línea—. Siento molestarte en horario de trabajo, es que necesito un favor.

La línea se quedó vacía unos segundos.

—Ha venido Tomás, el vecino de abajo, muy alterado. Que tiene una gotera y el seguro ha descubierto que viene de nuestras tuberías.

Un gemido de angustia cruzó las ondas.

—Aunque le he dicho que nos ocuparemos, ha seguido gritándome. —La mezcla que se produjo entre sollozo y falta de aire hizo toser a la mujer—. Me ha puesto muy nerviosa.

Sorbió la nariz, o lo intentó, pues apenas hizo efecto. Su discurso sonaba aún más congestionado.

—He ido a tomar una de esas pastillas que me dio el cardiólogo, pero —otro ataque de tos, esta vez más largo— están caducadas. ¿Crees que podrías acercarte a la farmacia y cogerme una caja?

Un último estertor obligó a Manuel a pensar en Darth Vader.

—Voy a sentarme un rato a ver si se me pasa, mejor entra con tus llaves cuando llegues.

Comprobó el reloj. El pánico que brotaba en sus arterias diluyó de golpe la borrachera. Por primera vez en meses, se sentía totalmente despierto.

Giró el volante en un cambio de sentido y condujo por la ciudad a ciento diez. Ni siquiera se enteró de los dos semáforos que se saltaba en rojo. Conforme subía los tres pisos de escaleras, en su cabeza se repetía un mantra: «Que esté bien, que esté bien, que esté bien…».

No lo estaba. No volvería a estarlo. La lividez del cuerpo era tan evidente como cruel. La muerte se escabulló por la puerta que Manuel había dejado entreabierta, llevándose con ella la parte más bonita de su alma.

—Eh, muchacho. Te has quedado embobado.

Clarence le reclamaba de vuelta al mundo consciente y, aunque quiso resistirse, el carisma del ángel hacía imposible ignorarlo.

—Veo que el tema de tu madre te resulta delicado. ¿Es por ella que estás aquí, al borde del abismo? —Miró hacia abajo, a los veinte centímetros de altura que separaban la pasarela del torrente fluvial—. Metafóricamente hablando.

Se carcajeó de su propia broma. Al menos, eso parecía. Su voz se había transformado. Se asemejaba más al gorjeo de una urraca que a la melodía celestial que hubiera esperado de un ser divino. Intentando no agobiarse por ello, Manuel le relató la tragedia de la muerte de su madre.

—Yo la maté —concluyó—. Como mínimo, podía haber evitado su muerte. Lo justo es ojo por ojo.

—He de discrepar de nuevo. No actuaste bien, no te voy a engañar, pero nada habría sucedido si el vecino no se hubiera puesto como un loco.

—Te agradezco que intentes disuadirme, pero no servirá de nada.

—No te confundas. —Clarence se cruzó de brazos—: En ningún momento he pretendido hacerte cambiar de opinión.

Tras un breve momento de duda, Manuel sonrió ante su picardía.

—Psicología inversa. Bien jugado.

—Va en serio, a mí me parece bien que te tires. O que te pegues un tiro, lo mismo me da. Estoy de acuerdo en que el mundo será un lugar mejor si te quitas de en medio: la basura hay que sacarla.

—No lo entiendo... —titubeó Manuel—. ¿Desde cuándo los ángeles incitáis al suicidio?

—¿Y desde cuándo yo soy un ángel?

—Antes te he preguntado y me has dicho...

—¡Error! —le interrumpió—. No has esperado a que te lo confirmase: has hecho tus cábalas y, como siempre, has dado por supuesto que no podías equivocarte. Otra de tus cagadas.

Sus rodillas, agarrotadas por el pánico, no respondieron a la orden que emitía el cerebro. Pero su mano sí se movió. Acercó las puntas de los dedos al cuerpo de aquel ser y saltó al recibir una descarga. En el punto donde habían entrado en contacto, la silueta de Clarence se difuminaba en un borrón negro.

—Entonces, ¿quién eres? ¿Y qué quieres?

—Lo primero no importa. Lo segundo es ayudarte. ¿Qué deseas en realidad?

—Acabar con todo.

—Pues hazlo. Pero hazlo bien. Antes de tirarte —señaló el río—, busca a las personas que te han herido y oblígales a pagar por sus pecados.

No fue una epifanía. Al principio incluso le pareció una aberración. Sin embargo, el sentimiento de repugnancia duró poco. Pensó en su ex, en sus compañeros y jefes, en Tomás. Lo único que le impedía vengarse, lo único que se lo impedía a todo el mundo, era el miedo a que lo pillaran y pasar el resto de su vida en la cárcel. Pero si eliminaba de la ecuación lo de «el resto de su vida»... Él terminaría del mismo modo: muerto. La diferencia era que podía librarse de unos cuantos monstruos por el camino.

Levantó los ojos hasta que sus miradas se cruzaron. Ahora ya estaba seguro de que hablaba con un ángel, o con quien lo había sido en algún momento. Antes de caer. O de saltar a propósito, como él.

—¿Me acompañas?

Se detuvieron a unos metros del portal, en una esquina de la plaza que había recorrido miles de veces durante su niñez. Había escogido ese sitio porque las sombras se tragaban todo lo que ocurría a su amparo. Se trataba de un punto muerto, al igual que el segundo piso que en ese momento atraía toda su atención.

El resto de ventanas de la fachada emitían más luz de lo habitual. Eran casi las doce, pero las celebraciones de Nochebuena provocaban sonidos amortiguados de risas. Siluetas de diversas formas y tamaños fluían tras las cortinas cerradas. De hecho, la casa donde aguardaba su objetivo parecía la más bulliciosa, ya que cada poco rato se asomaba a fumar una persona diferente.

Quizás no fuese tan fácil. No se veía capaz de asesinar a quien había vivido a su lado tantos años. Cortarle el cuello, asfixiarlo, abatirlo a golpes... ni siquiera había pensado cómo hacerlo. La adrenalina se convirtió en ansiedad y, a pesar del frío del invierno, la piel de Manuel se cubrió de sudor.

—Tal vez debería aplazarlo para otro día que haya menos testigos.

Clarence, con ojos fríos, imitó un tintineo.

—¿Oyes eso?

—¿Una campanilla? ¿Es que un ángel ha recibido sus alas?

—Déjate de chorradas: cada vez que suena una campana, un cobarde como tú se caga encima.

De una forma estúpida, le ofendió el exabrupto.

—No hace falta que seas tan grosero.

—Y si no, ¿qué? ¿Te chivarás a tu madre?

Su acompañante le dio un empujón para sacarlo de las sombras. Paralizado en medio de la plaza, con la vista fija en su destino, rezó (por primera vez en años) para que alguien lo interrumpiera y evitar así lo que estaba a punto de hacer. Y es que no podía frenarse. Porque lo deseaba. Porque en cuanto Clarence le había dado la idea, una vez desinhibidas sus pasiones por la falta de consecuencias, se percató de que quería matarlos a todos.

—¿Lolo? ¡Por fin has venido!

Solo su madre lo llamaba así, el último vestigio de una infancia perdida. Le daba pánico girarse y enfrentarla; que le reprochase que había tardado mucho en aparecer. ¿Tan descabellado era? Al fin y al cabo, ¿no acababa de recorrer media ciudad al lado de algún tipo de espíritu?

Pero quien esperaba sonriendo a su espalda no era un fantasma. Se trataba de una mujer de pelo negro y muy corto, entrada en las carnes propias de la cuarentena. Su felicidad decayó tras notar que Manuel no la reconocía, como si hubiese esperado un encuentro épico que no llegó a producirse.

—Soy Lorena Mediavilla. Vivía con mis padres en esa calle. Tú y yo…

—Estuvimos saliendo —terminó Manuel.

La misma mujer a la que recordaba como la persona de quien habría podido enamorarse. Si solo hubieran tenido más tiempo…

—Eso es. Hasta que mi familia se mudó.

—¿Qué haces aquí?

No pretendía que sonara tan brusco.

—Mis padres enfermaron en cuanto nos fuimos y he pasado todos estos años cuidando de ellos. Después de la pandemia, cuando fallecieron —le tembló la barbilla—, empecé a tomar mis propias decisiones. Tuve que descubrir quién soy. Qué quiero. Y nunca había dejado de pensar en ti.

—Miente.

La voz de Clarence asustó a Manuel, que se había olvidado por completo de su presencia.

—Todos te engañan porque eres débil.

—Cállate un segundo.

Lorena asintió.

—Perdona, no quería agobiarte.

—No, no te lo decía a ti, es… —Miró a Clarence y luego a la mujer—. Estamos solos, ¿verdad?

Un poco sorprendida, asintió de nuevo.

—No me ve —confirmó su acompañante—. Ella no tiene una misión que cumplir. —Se acercó a su oído para susurrarle—. No es más que otra mentirosa que volverá a hacerte daño. ¿A qué ha venido si no?

—Eso, dime: ¿a qué has venido?

—Regresé a la ciudad hace unos meses y la semana pasada vi en el periódico la esquela de tu madre. Lo siento mucho.

Clarence volvió a la carga.

—¡Qué lo va a sentir! Si le importaras, te habría buscado antes. Miente, miente, mentirosa —canturreó.

Lorena, para quien solo habían transcurrido unos segundos de silencio, los interpretó como una invitación a explicarse.

—Al ver que el funeral se celebraba en la parroquia del barrio, supuse que seguiríais viviendo aquí. He pensado que hoy podía ser una buena noche para preguntarte cómo estás, por si la respuesta es «tan solo como tú».

—Basura. Al final te abandonará, igual que todos —el ángel hablaba cada vez más apresuradamente—. Recuerda que el problema eres tú. Das asco y no mereces que te amen. Acaba con ella también.

A Manuel se le inundaron los ojos, y no solo por la repentina transformación del carácter de su aliado, que por fin se mostraba tan furioso y demoniaco como probablemente siempre había sido. Imaginarse haciéndole daño a Lorena provocó una fractura en su interior.

—He hecho cosas horribles —dejó escapar en un murmullo—. Soy mala persona.

—Tal vez lo hayas sido. Pero desde hoy podemos escribir el principio de una nueva historia: la nuestra.

Alargó sus dedos hacia él, quien, aunque rodeada de lágrimas, compuso al fin una sonrisa.

—¡¡No!! —gritó Clarence antes de desvanecerse en el viento frío de la Navidad.

Mientras sonaban las campanadas de medianoche, Manuel tomó la mano que le tendía Lorena y juntos se adentraron en el edificio.

El fantasma de la buhardilla

O. M. Molina

Nuestro cuento comienza el día que alumbraron el mercadillo navideño de la Plaza Mayor de Madrid. Nico, un muchacho pegado a la ventana, se preguntaba por qué no bajaban a comprarlo todo y transformar el hogar con luces, árboles, bolas, colores, nieve... Regalos.

—¡Me cago en la leche! ¿Qué tiene que hacer una para celebrar la Navidad? —gritó María, su madre, en el pasillo—. Alejandro, sé que estás ahí dentro. ¿Quieres salir de tu despacho?

—¡Cariño! No creo que quieras abrir la puerta.

—¡Averiguarás que sí!

No era la primera discusión de sus padres. Nico empañó el cristal con un resoplido.

María abrió la puerta del despacho.

—Encantado de conocerla —dijo una voz desconocida.

María olvidó devolver el saludo.

—Alejandro, esto es inaceptable.

—Soy agente inmobiliario, ¿cómo iba a desperdiciar esta oportunidad? He comprado la buhardilla que tenemos encima. Vivimos en la plaza más cara del mundo, y ¡es una ganga! —El vendedor carraspeó incómodo. Alejandro reculó—. Ya están firmadas las arras. Le deseo felices fiestas.

El vendedor de la buhardilla se marchó en silencio.

—Una ganga no significa que traigas clientes a casa. No hay manera de preparar la Navidad contigo. ¿Sabes lo que me duele?

—Supongo que lo oiré.

—Que eras un encanto.

—¿Y un encanto no puede cerrar un negocio?

—Un encanto sabe cuándo apagar el móvil.

—León —su padre llamaba *León* a su móvil; pues lo consideraba una fiera—, no ha tenido que ver. Ha sido el timbre. Tan fácil como recolectar fruta. ¡Menuda ganga! —repitió—. Mira qué llaves tan bonitas.

María resopló ante el tintineo de las llaves de la buhardilla.

—Alejandro —dijo cariñosa—. Antes éramos nosotros. Ahora solo estás con León… y el timbre.

—Eso será porque eres una descuidada con tu carrera.

Dana, hermana mayor de Nico, los interrumpió. María y Alejandro fingían no haber discutido si los hijos cruzaban el pasillo.

—¡Vaya dos! —dijo Dana con desdén—. Me piro.

—¿Y ahora adónde vas? —se molestó María.

—He quedado.

Nico, que seguía pegado a la ventana, se imaginó a su hermana con el móvil en mano y un *crush* parpadeando en la aplicación de citas.

—Acabas de llegar —protestó María.

—Saldré con Marc. He quedado —insistió Dana.

María resopló cuando su hija cerró la puerta.

—¿Ves? Todos tenemos cosas que hacer —apuntilló Alejandro.

—Eso no es verdad.

—Yo sé por qué te enfadas. No te comes una rosca en el trabajo.

—¿Qué?

Nico detestaba esa parte de las discusiones.

—Por esa razón te enfadas con tu hija y conmigo —porfió.

—En nuestro hogar, con tus hijos, en domingo… Podría tener que ver con traer clientes a casa el día que íbamos a preparar la Navidad.

—No lo creo —subrayó Alejandro—. ¿Qué tal si preparas las fiestas y tienes algo que hacer?

Nico sonrió. Su madre organizaría la Navidad. La acompañaría al mercadillo de abajo, donde la gente se agolpaba, y comprarían lo necesario para hacer de ese hogar un lugar de cuento. Unos días al año sentaban bien. Fantaseó con el rincón del árbol, que abarrotaría de espumillón, bolas y una gran estrella en lo alto. La maceta sería grande, con espacio para cobijar regalos. Combinaría lucecitas blancas y de colores por el techo, como un cielo sembrado de estrellas. Esparciría nieve por las esquinas de los cristales. Pegaría copos gigantescos…

—¡Este año no habrá Navidad en esta casa! —gritó María.

Nico se quedó petrificado, pero hubo un parpadeo antes de que se le quedaran abiertos en par. Las manos parecían sostener el cristal de la ventana. Las rodillas le temblaron un poco.

Vivían en la Plaza Mayor y no celebrarían la Navidad. Conocía chistes mejores. No se atrevió a preguntar si aquello iba en serio; el silencio del pasillo le imponía. ¿Un año sin regalos?

María se fue. Alejandro no tardó en marcharse. Nico se quedó solo.

Errático, cruzó el pasillo donde sus padres habían reñido. Ojeó los dormitorios. Se asomó al salón. Pasó por la cocina. Nico arrastró la tristeza a la puerta del despacho de su padre.

Entreabrió el santuario de su padre. Un escritorio lleno de expedientes, estanterías repletas de carpetas, una conexión wifi exclusiva… Las llaves de la buhardilla brillaban sobre la mesa con un aura de misterio.

Nico se adentró. Nervioso, alargó la mano. Dudó. ¡Qué tontería!, se reprendió. Solo eran unas llaves. Las tocó.

En el techo retumbó un ruido de muebles.

Nico se asustó. Soltó las llaves y salió del despacho. Bajó a la Plaza Mayor a soñar con una Navidad que no celebrarían.

María estrujaba la masa de harina como si fuera a despedazarla. Su profesor de cocina la observaba con avidez. Eran clases particulares en un bonito piso de la Puerta del Sol, de esos que en Fin de Año alquilaban el balcón. Alejandro se lo había conseguido.

—Hay que reconocerlo, amasar se me da fatal —opinó María.

—No. Solo necesitas ponerte al día. Amadeo puede ayudarte. De eso ya hablaremos. Bien, María… la solución está en el ritmo.

—Nunca he tenido ritmo.

—Estoy seguro de que podrías tenerlo. Mira. Acaricia la masa. Firme, aunque suavemente. Eso es. Mueve las caderas. Un poco más. Sí. Ahora presiona la masa sin prisa. Fenomenal. ¿Te sientes bien?

—Sí, muy bien.

Amadeo sonrió.

—Bueno, no apartes las manos de la masa.

La masa se le pegaba en los dedos.

—Me gusta —opinó María.

—Deja el toque final para Amadeo.

Amadeo espolvoreó harina sobre la masa mal formada. Había quedado con grumos, pero ya no se pegaba en las manos.

—Ha estado muy bien —dijo María.

—Bueno, tu masa no está de una pieza, pero sienta bien, ¿verdad?

—Sí —dijo María.

Nico se reprochaba la espantada sufrida en el despacho. Habría sido el ruido de un mueble arrastrado en la buhardilla; su padre se quejaba de los vendedores que entregaban la vivienda sin limpiar, abandonando cosas u olvidándose del cuadro de la abuela, y conocía gente que se encargaba de esos pormenores. La estarían despejando.

En la calle hacía frío y el viento agitaba el fuego del puesto de castañas. No se consideraba envidioso, pero la ilusión de la gente en el mercadillo navideño le punzaba el alma. Una vez recobrada la valentía, regresó a su casa.

El techo silencioso le hizo pensar que los operarios de su padre habrían finalizado. Estaba seguro de que, si se escondía, nadie lo echaría en falta, aunque quizá a las llaves sí. El brillo que desprendían le mosqueó, pero no buscaría excusas. Las cogió sin pensarlo dos veces.

Subió la escalera a la carrera. La conciencia lo avisó. Se sintió como un ladronzuelo de barrio. Al acercar la llave a la cerradura de la buhardilla, le fascinó que se desprendiera un polvo de luz brillante.

Nico notaba el pálpito en el pecho. ¿Qué había sido? Aguardó. Todo volvía a la normalidad.

—Si no hay regalos, no habrá hijo —proclamó.

Nico se encerró en la buhardilla.

Era un lugar oscuro, sucio y silencioso. La luz no funcionaba. El resplandor de la plaza atravesaba la ventana del tejado, clareando una pila de muebles abandonados. Eran antiguos.

Sin marcas en el polvo del suelo, parecía que nada se hubiera movido de sitio. Qué extraño le resultó a Nico.

Buscó donde sentarse; lo de asustar a los padres con un hijo desaparecido llevaba tiempo. Se dejó caer en el centro del entablado, cruzado de piernas.

La espalda comenzó a molestarle.

En medio de la soledad, se levantó para coger una silla. Una nube de polvo le ensució las manos y le causó un estornudo.

Le pareció oír una risa.

¡Qué tontería!

Alzó la silla. El resto de polvo le arrugó la cara, le cortó la respiración y provocó otro estornudo.

Hubo eco al fondo de la buhardilla, o alguien se burlaba de él.

Nico se quedó quieto.

—¿Quién anda ahí?

Tal vez lo estuviera imaginando, pero estuvo seguro de que una risita vino del fondo oscuro.

La nube de polvo se posaba. Nico estornudó de nuevo.

Desde el fondo de la buhardilla le respondió otro estornudo. Y una risita. Esa vez, Nico estuvo seguro.

—¡No me haga daño! —rogó.

Nico retrocedió, trastabilló con la pata de una mesa y cayó al suelo sentado. Le dolió.

De las sombras de la buhardilla, asomó una figura traslúcida. Al pasar por la luz de la ventana adoptó la forma de un señor de otra época. Resplandeció en la penumbra.

—Dame la mano, te ayudo a levantarte. Se te ve fastidiado.

Nico no quiso contrariarle. Extendió la mano hacia el reluciente hombre. ¡Las manos se traspasaron!

—Ja, ja, ja —rio el extraño ser—. Soy Leopoldo… su fantasma.

Nico, con el corazón en un puño, se quedó pasamdo.

—Creo que ha habido un malentendido —dijo Leopoldo.

—Estoy seguro de ello —musitó Nico.

—Bienvenido a mi buhardilla. Siento mucho la broma. Dadas las circunstancias es admirable tu entereza. Esperaba verte correr a toda pastilla por esa puerta.

—Eres tan…

Leopoldo se desplazaba por encima del suelo, sin hacer ruido ni mover las piernas.

—La he ventilado bastante, pero aún huele un poco a cerrado.

—No, está bien. —Nico entendió que le convenía ser amable con un fantasma—. Un escondite perfecto.

—Lleno de recuerdos —dijo Leopoldo ensoñador—. Tú debes de ser Nico. Vaya, qué encantador. Te vendrá por parte de padre.

La harina ensuciaba el aula de cocina de la Puerta del Sol. Harina por la mesa, el suelo, las manos, la ropa, los rostros estimulados.

—No, para, para, para —ordenó María.

—En esta mesa se pueden amasar las mayores delicias —declaraba Amadeo.

—No puedo regresar a casa cubierta de harina.

—¿Sospecharían?

—¡Claro!

—Vamos a la mía —propuso emocionado.

—¿No seguirás viviendo en el edificio Petit?

—¿Lo recuerdas?

—Y el portero a mí. ¡Soy la esposa del mejor agente inmobiliario de Madrid! Alquila apartamentos en ese edificio. Habría que alejarse.

María buscó dónde lavarse.

—Hay una manera de hacer las cosas, Amadeo.

—¡Las Canarias! —dijo el profesor exultante.

María cerró los ojos. Arena caliente, fríos tequilas, salsa chimichurri —a María le gustaba ese nombre—, música, atardeceres...

El timbre del telefonillo puso fin a la ensoñación.

—¡Maldición! —gritó Amadeo.

María lo fulminó con una mirada severa. Amadeo tenía otra clase con un grupo de jubiladas.

Con la ropa manchada de harina, disimulada por un cepillado rápido, se marchó por la escalera. Las jubiladas subían en ascensor, pero no cayó en la cuenta que lo hacían en dos tandas. Se cruzó con las que aguardaban en el portal. Cuchichearon con suspicacia.

—Qué estoy haciendo. ¿La Navidad lo sabe? Yo no tengo ni idea —musitó en la calle.

El fantasma Leopoldo era incansable. Emocionado por la compañía, repasaba sus doscientos años de historia en un sinfín de batallitas. Nico le creía —no había más que ver la blusa con chorreras y abrigo de color sólido que vestía—, y se le iba el santo al cielo en medio de la noche.

Leopoldo lo observó como si le examinara los pensamientos.

—Dime, Nico, ¿y esa tristeza? ¿De dónde procede?

—Mi casa es el único hogar donde no se celebrarán las fiestas.

—Entiendo. ¿Por qué te entristece? ¿Es por el espíritu navideño?

Nico arrugó el ceño.

—No habrá regalos —dijo de modo concluyente.

Leopoldo hizo un mohín.

—¿Te refieres al regalo de la calidez de la bondad?

Nico movió los ojos desconcertado.

—Seré el hazmerreír de mis amigos. Duele.

El fantasma flotó por la polvorienta buhardilla. Con expresión pensativa, se giró:

—Es una lástima —dijo Leopoldo.

—Ya lo creo —opinó Nico.

—Son tantos los sentimientos de estas fechas…

—Pensé que jugaría a *Cerebros destrozados* durante las vacaciones. ¡Es el mejor videojuego de los tiempos!

—Y la familia se reúne como si hiciera un paréntesis… ¿Qué has dicho?

—Mi familia debe de detestarme para dejarme sin regalos.

Leopoldo, escandalizado, lo calló.

—Nico, alto.

Nico enmudeció. Movió los ojos a los lados. ¿Había dicho alguna impertinencia? Juraría haber sido educado.

Leopoldo flotó ante él.

—Es una lástima esa tristeza por un juego. ¿Qué tal si descubres el espíritu de estas fechas? Hasta entonces, prefiero otra compañía.

Nico se levantó despacio, se sacudió el polvo y en silencio abandonó la buhardilla.

—¿Por dónde lo busco? —murmuró antes de cerrar.

El fantasma se le acercó por el aire.

—Por tu familia, naturalmente.

Nico frunció la frente.

—Esto pinta mal —soltó resignado—. Si existe una familia alejada del espíritu navideño, es la mía.

Nico y Leopoldo se mantuvieron la mirada. La del muchacho era desconsolada; la del fantasma fastidiada.

—Haz lo que puedas —zanjó Leopoldo.

Nico regresó a su casa apenado. ¿Había sido un sueño?, se preguntó. Todos dormían —menos su hermana que pasaba la noche fuera—. Se encerró en su habitación para darle vueltas a eso de descubrir no sabía qué espíritu de la Navidad.

A la mañana siguiente, Nico escuchó ruidos en la casa. Provenían de la cocina. Le restó importancia, se duchó y se vistió. Su madre lo había llamado en varias ocasiones y acabó por acudir.

Nico abrió los ojos como platos. La mesa estaba llena de tostadas, yogurts, fruta y había zumo de naranja.

—Buenos días —saludó María.

Nico había olvidado el último desayuno en familia.

—El desayuno es la comida más importante del día —declaró su madre.

—Siéntate, hijo —dijo su padre—. Las clases de cocina dan sus frutos.

Dana desayunaba con la ropa del día anterior.

—Como es un día ajetreado para ti, agente inmobiliario, te he puesto de más —celebró María.

Alejandro, abrumado, se encogió de hombros. León permanecía al lado de su tostada; Nico se preguntó cuándo sonaría, levantaría a su padre de la mesa y lo haría desaparecer el día entero.

—Solo es un poco de promoción —dijo Alejandro.

Dana sujetaba una tostada de mermelada de fresa hecha en casa.

—¿Y si pasas este año? —rogó.

—No, cariño —respondió Alejandro.

—Pero me da vergüenza.

—Yo creo que será productivo.

A la tarde, Alejandro lo tenía preparado. Un puesto en la Plaza Mayor de Madrid, debajo de casa para él, abría para promocionar los servicios del mejor agente inmobiliario de Madrid.

En torno, el tradicional mercadillo navideño. Rojo, iluminado y repleto de gente sonriente.

—¿Hartos de vuestro hogar? ¿No cumple las expectativas? ¿Cuesta regresar a casa? Yo soy la solución. Os encontraré el mejor hogar para vuestro presupuesto.

La gente disfrutaba de un algodón, una manzana caramelizada, un barquillo con chocolate fundido. Abrían las bolsas con los adornos que decorarían sus hogares durante las fiestas.

Lo miraban raro.

—Lo siento mucho —dijo María a sus hijos.

—Si logro un encargo habrá merecido la pena —se excusaba Alejandro.

—No puedo seguir mirando —aseguró Dana.

Con el móvil en la mano, la joven barrió la plaza de un vistazo.

—¿Acabas de hacer *crush*? —preguntó Nico apático.

Dana escrutaba el gentío.

—Anda, está por aquí —susurró.

—Dana, por favor —suplicó María.

Dana se fue en busca de su *crush*. «He quedado», se despidió.

Un hombre galante, de aire despreocupado, pasaba por allí. Observó al agente inmobiliario que desencajaba en la Plaza Mayor. Lo rondó como si viera a un bicho raro. Amadeo se veía incapaz de promocionar sus clases de cocina de ese modo, pero le divertía.

María se quedó sin respiración. Nico le preguntó qué le sucedía, pero ella, nerviosa, pensó con rapidez.

—Enseguida vuelvo —afirmó.

Alejandro se dio por vencido. Nadie se interesaba por sus servicios inmobiliarios con la Nochebuena a la vuelta de la esquina. Otros años había funcionado. Apagó el puesto y se sentó en el bordillo de la acera con los codos apoyados en las rodillas. Miraba a la gente como a seres ingratos.

—Mala fecha si no vendes colonias, agente inmobiliario —dijo Amadeo, sentándose a su lado. Alejandro lo miró extrañado.

—Gracias —correspondió.

—Supongo que estas cosas pasan.

—Acaban de pasar —contestó Alejandro desanimado.

—Pero, Alejandro, te lo has tomado con profesionalidad.

—Muchas gracias. Perdón, ¿tú y yo...?

—Me alquilaste un apartamento en el edificio Petit. Amadeo.

Amadeo le tendió la mano. Alejandro se la estrechó.

—¿Necesitas un cambio?

Amadeo rio ante la perspicacia del agente inmobiliario.

—Veo a tu esposa. —Alejandro dio un respingo—. Soy su profe de cocina —aclaró.

—Oh, sí. Esas clases le mantienen ocupada.

—Se deleita con la harina —aseguró Amadeo.

Alejandro asintió.

—Sí, es buena con la harina. Muy buena.

Amadeo se sonrió.

—Bueno... Ha sido un placer saludarte.

—Encantado —se despidió Alejandro—. Si tienes un conocido en busca de un hogar...

—Por supuesto.

María interceptó a Amadeo en medio del gentío de la plaza. Había palidecido, respiraba desacompasadamente. Le fulminaba y se lo comía con la mirada.

—¿Acaso tratas de causarme un infarto?

Amadeo restó importancia con un gesto despreocupado.

—Es Navidad. Tranquila. Es normal que un cliente y un agente se saluden.

María vigilaba a la gente por si se cruzaban con algún conocido.

—No es un agente, es mi marido.

—Oye, ¿sabes qué? Anoche hurgué en la web de viajes.

María bajó la guardia.

—¿En serio? ¿Qué encontraste? ¿Cuándo nos vamos?

—Un *click* y despegamos.

Un hombre disfrazado de caballero decimonónico pasaba por el soportal. Observó a Alejandro sentado en el bordillo, junto a su puesto cerrado, y a María en compañía de Amadeo. Nico estaba quieto, solo, en tierra de nadie.

Se acercó al chico.

—¿Leopoldo? —saludó Nico.

—Tranquilo. Si me lo propongo, parezco un vivo... Nadie te mirará raro. Por un rato, claro. Te he traído esto.

Leopoldo le tendió una manzana caramelizada. Roja, brillante.

Nico agachó la mirada.

—Aún no he descubierto el espíritu navideño —confesó.

—Bueno, la generosidad forma parte de ese espíritu —lo excusó el fantasma—. No seamos estrictos. Esto es lo que vas a hacer.

Nico le dio un lametazo al caramelo y escuchó.

Al día siguiente, María cocinaba compulsivamente. Nico se preguntó quién se comería esa cantidad de comida. Parecía que no pudiera pensar en otra cosa que la cocina.

La veía entusiasmada, y nerviosa.

—¿Vas a participar en un concurso de la tele? —preguntó bajo el umbral de la puerta.

María se dio la vuelta.

—¡Nico! Cielos, qué susto. Lo siento.

Nico se sentó. La miró. María sonrió incómoda.

—¿Cómo conociste a papá? —preguntó Nico.

María soltó un suspiro.

—¿Papá? Nunca me habías preguntado por él.

—Es Navidad.

—Claro. Y creces. Es normal, supongo.

María lanzó una mirada a su hijo. Nico aguardaba.

—Una vez nos subimos a la barra, unas amigas y yo, e hicimos un… bailecito para los chicos.

—¿Fue donde le conociste?

María asintió.

—Fue donde conocí a Alejandro, tu padre. Él era de Máster de Empresariales, yo de primero de Biología. Era… un encanto.

Nico asintió.

—Encanta a los clientes —comentó.

María perdió la mirada en la cocina.

—¿Por qué cuando tienen éxito pierden el encanto?

Alejandro contemplaba el desmontaje de su puesto con el amargo sabor del fracaso. Lo de hablar solo iba a más, pero ya no le daba vergüenza.

—Los caminos del éxito son tortuosos —decía—. Por eso los llamamos los *tortuosos* caminos del éxito. En fin, fíjense en lo que un hogar aporta a una persona. Uno les pregunta: ¿por qué vives en una casa que te disgusta? Podrían cambiar de hogar y, sin embargo, simplemente lo adornan y celebran la Navidad. Eso es *tortuoso*.

Alejandro prolongó un resoplido. Continuó hablando solo.

—*Éxito*, ¿qué tal cerraré el año? —Alejandro cambió la voz para la respuesta de *Éxito*—. Para empezar —dijo la voz de *Éxito*—, te queda una casa para superar el listón del año pasado. No parece muy exitoso.

—Perdona, no puedo darle la razón a *Éxito*.

Alejandro dio un respingo.

—Cielos —exclamó Alejandro, recobrando la compostura.

Un tipo se le había acercado con vivo interés. Vestía con ropa de hacía, por lo menos, dos siglos. Se miraron.

—Quiero contratar sus servicios, agente inmobiliario. —Alejandro creyó que se trataba de una broma—. Una propiedad histórica, naturalmente —continuó aquel hombre—. Espero que tengas disponibilidad.

—Sí, sí... Disponibilidad. Si me ha escuchado, ignórelo. Pensaba en alto. Ideas sueltas.

—Es...

—Creo que quieres decir un tropiezo. ¿Con quién tengo el gusto de...?

El hombre vestido con blusa y chorreras con abrigo de color sólido se ajustó las solapas.

—Leopoldo —se presentó.

—Alejandro —correspondió.

Le tendió la mano. Una corrección cuando se conocía a un cliente, pero Leopoldo dejaba las manos en las solapas con una grata sonrisa.

Al momento, como marcaba un buen comercial en apuros, Alejandro retiró la mano, adaptándose a los modales de su nuevo cliente; el que le salvaría el año.

En silencio, observaron cómo los operarios desmontaban el puesto.

—¿Te gusta el buen humor? —preguntó Leopoldo.

—¿Buen humor?

—No hay puerta que se le cierre. En estas fechas, en especial, para vender hay que hacerlo con buen humor.

María necesitaba una clase de cocina que le pusiera de buen humor. Dana no aparecía por casa, Nico le había revuelto el pasado y Alejandro retiraba las cenizas de su promoción desastrosa.

Amadeo le había prometido una clase especial en otro lugar. La había citado entre Ópera y el Palacio Real.

—Te he impresionado, ¿cierto? —presumió Amadeo frente a un portal señorial—. El edificio al completo es turístico. Nadie conoce al mejor agente inmobiliario de Madrid. Estás preciosa, María.

—Sí.

—¿Y sabes qué? Los billetes están en marcha. Nena, nena... Canarias. —Amadeo abrió el piso turístico. Una monada—. ¿Es el lugar y momento para un beso?

—Bueno.

María estaba embobada. Un piso sin más compañía que el adorable Amadeo.

El profesor sonrió triunfante. Sacó un spray pequeño. Abrió la boca. Se roció despacio con tres toques.

Un olor a eucalipto se extendió por el aire.

—Por Dios —dijo María—. ¿Qué es eso?

—¿El qué?

—Eso.

—Es mi aliento de amor. ¿No te gusta el eucalipto?

—No, para nada.

—¿Esto no te parece sensual? —Amadeo estaba sorprendido.

—No —afirmó María—. Ha sido suficiente por hoy.

Nico era tímido, pero conocía chistes. Nunca se atrevía a contarlos, pero los memorizaba. Cuando descubrió a su padre en el buscador de internet, ávido de chistes para alegrar su captación de clientes, entendió el motivo por el cual Leopoldo le había invitado a pasar la tarde con su padre.

Dana había hecho *crush*, otra vez, en la Plaza Mayor. Debajo de casa. Pero se había encontrado con un hombre de lo más curioso. Edad madura, vestido con ropas antiguas —muy antiguas—. No era su tipo, pero habían charlado en un paseo entretenido con un chocolate calentito... que él se limitó a sostener. Extrañada porque no le tocara, se había tomado la tarde de un modo distinto. Habían hablado de cocina, de los placeres inmediatos, y de los que llevaban tiempo.

—La harina tiene algo especial. —Dana manoseaba un puñado en la cocina.

Nico se interrumpió en medio de un chiste que explicaba a su padre. Continuaron.

—Sí, me gusta, está bien —aprobó—. María, has vuelto. —Alejandro se levantó para recibirla—. Tenemos un hijo artista. Este es buenísimo. Dana, cariño, ven tú también a escucharlo. Sentaos.

Alejandro desplegaba su encanto ante la familia.

—Un propietario llama a su agente y le dice que ha decidido no vender su vivienda. El agente, sorprendido e intrigado, le pregunta por la razón, a lo que el propietario le responde: «He leído el anuncio que habías puesto de mi casa. Me ha gustado tanto que he decidido quedarme a vivir en ella».

María observó a su familia. Anonadada, clavó la mirada en Nico.

—¿Podemos hablar un momento?

Salieron al pasillo. Nico, que lo relacionaba con las broncas de sus padres, temió un castigo. La Navidad *perfecta*.

—A ver si me entero. —María aclaraba las ideas sobre la marcha—. Mi hijo es un artista... Mi marido se ha convertido en un cómico... Mi hija pasa la tarde en casa. ¿Me puedes decir qué está pasando?

A Nico le hubiera gustado ver a Leopoldo atravesar el techo con una explicación, pero el fantasma no salió de la buhardilla. Se encogió de hombros y volvió con su padre.

María estaba confusa. ¿El mundo giraba al revés y no había salido en las noticias?

El buen humor reinaba en casa. María se tapaba los oídos huyendo de los chistes de Alejandro, que Nico reía para animarlo y Dana comentaba desde la cocina.

Pasó delante del despacho de Alejandro y vio la puerta abierta.

Unas llaves brillaban sobre el escritorio.

María cogió las llaves. Habían comprado una buhardilla y pensó que quizá se pudiera instalar en ella una temporada. Echaría un vistazo.

—Vaya, no es lo que esperaba.

La ilusión se desinfló. La buhardilla era un trastero polvoriento, lejos de su acicalado hogar. Entró, cerró y se quedó a disfrutar del silencio y la quietud.

Llamaron a la puerta.

María dio un respingo. ¿Quién diablos llamaba a un lugar deshabitado? Sobresaltada, abrió con cautela.

Un hombre elegante, quizá apuesto en otra época, se presentó con buena disposición.

—Lo siento. Lo siento mucho. ¿La he molestado?

—No, para nada.

María sintió la necesidad de tratarlo con amabilidad.

—¿Los he interrumpido?

María se rio.

—Ni por casualidad.

—Soy Leopoldo, un cliente. Supongo que es tarde para que Alejandro me atienda.

—Pero él se encuentra abajo. Llame. Le atenderá en su despacho con gusto, estoy segura.

—Buenas noches.

María, cansada, se despidió.

Leopoldo se giró y dijo:

—A veces hay baches en el camino. En fin, Alejandro es un encanto, pero le pierde... ya sabes... el éxito. Seguro que al final reencontrará el camino hacia ti.

María se quedó de una pieza.

—¿Cómo dice? —preguntó a ese perfecto desconocido.

—Estuve casado hace mucho tiempo.

—¿Y te perdiste en el camino?

—Me volví loco por otra mujer. Pero duró una racha. Fui incapaz de pedir perdón. Vago por la vida, errante. Solo le robaré a Alejandro unos minutos.

María lo vio bajar la escalera. «Una racha», repitió pensativa. ¿Perdía ella la cabeza por una racha? Se preguntó si había soñado despierta. Se encerró otro ratito en la buhardilla. «Una racha».

En el despacho, Alejandro y Leopoldo, ese cliente de modales peculiares, hablaban de una propiedad histórica. Alejandro no se ilusionaba; llevaría meses venderlo, pero las operaciones sumaban y prestó atención en aras de la siguiente campaña, que tenía que superar a las anteriores.

Leopoldo lo observó como si el asunto de la propiedad hubiera finalizado.

—¿Has pensado en la *seducción*? —preguntó.

Alejandro parpadeó.

—*¿Seducción?*

—Sí —dijo Leopoldo.

—¿Para la promoción inmobiliaria o…?

—La venta de una casa está llena de *seducción*. ¿No te habías fijado?

Alejandro sacudía la cabeza. ¿El estrés le pasaba factura? No, no podía ser; le faltaba una casa para superar el año anterior.

—¿La venta de una casa? —repitió confuso.

Leopoldo, al marcharse, dejó la cuestión de la *seducción* en el aire.

Alejandro se sentó en el borde del escritorio. Notó haberse sentado sobre algo. Era un librito abierto.

—Leopoldo, se ha dejado…

El cliente se había esfumado. Alejandro se había ensimismado de tal modo que el ruido de la puerta le había pasado desapercibido.

Lo tomó en las manos. Ligero como una pluma, la curiosidad le llevó a ojearlo. Leyó. Salió del despacho abstraído en el silencio del hogar.

> Si me acariciara su mirada, encendería con ella el fuego de la chimenea. Cálida es la sensación del encanto…

María abrió la puerta. En lugar de un «hola» despreocupado, hubo un vivo interés. Se observaron.

> Si me rozara su pelo y apoyara la frente en la mía, respirando juntos…

Alejandro dio un paso adelante. María colgó el abrigo. En el pasillo lo miró de soslayo. ¿Qué leía?

> Tus labios bañados con el sabor del cava. Refrescas la hermosura con una sonrisa…

Alejandro la siguió al dormitorio, mordiéndose un labio con una pizca de *seducción*.

> Tu espalda brilla como un campo dorado de trigo mecido por la brisa del atardecer…

María se cambiaba de ropa. Alejandro repasaba la piel dorada con una mirada derretida. María, en un lenguaje silencioso, observaba de lado.

Veamos si brotan las flores…

Alejandro cerró el librito, que cayó sin hacer ruido. Se miraron. «*Seducción*».

Alejandro y María se besaron. Un beso largo, prolongado, lento. Compartieron un pensamiento único. No eran dos personas, eran una.

Un ruido rompió la magia.

Ambos conocían ese sonido. Alejandro lo adoraba. María lo detestaba.

León, el móvil del gran agente inmobiliario sonó en el despacho. La melodía del éxito.

Alejandro cogió aire tras el maravilloso beso. Salió del dormitorio.

—¿Dígame? —contestó con León en mano.

—¿Es usted el mejor agente inmobiliario de Madrid? —preguntaron al otro lado de la llamada.

—En efecto, así es —respondió con vanidad.

—Discúlpeme la hora, pero es una urgencia. ¡Tenemos que vender nuestra casa de manera inmediata! El uno de enero viviremos en Massachusetts. ¡Un lío! ¿Podría vendernos la casa antes de finalizar el año?

Alejandro se infló como un globo. Ahí estaba la operación que ansiaba. ¡El éxito! «¡Gracias, León, por estar al quite!».

—¡Claro! —La voz de Alejandro tronó en el piso de la Plaza Mayor.

María se acostó de espaldas al otro lado de la cama.

El veinticuatro de diciembre, Madrid amanecía teñido de blanco con una linda nevada. Nico contemplaba el mercadillo navideño como si se sumergiera en un cuento; o una pesadilla, si volvía la vista hacia el hogar donde nadie preparaba la Navidad.

Alejandro salió a la caza del comprador; María a dar una clase de cocina que de nada serviría en aquella No Navidad. ¿Dana había ido a casa a dormir? Nadie se lo preguntaba.

María se había quedado quieta ante el portal de la Puerta del Sol. Si subía, tendría dos maravillosos billetes a Canarias. Unos días de descanso, picante y encanto.

Se había adelantado para renovar el interés con Amadeo, porque la inesperada muestra de Alejandro le había despertado sensaciones olvidadas. Cierto que León le había devuelto a la realidad, pero ya no estaba tan segura de querer escapar.

No sabía qué hacer.

Una joven salió del portal. A María le había pasado desapercibida —era esa clase de despreocupadas como su hija Dana—, pero la joven atrajo la curiosidad de la gente.

María acabó por interesarse.

El abrigo de esa joven estaba manchado de harina. De arriba abajo. Harina por el trasero, harina por la espalda.

María dio un respingo. Algo estalló en su cabeza.

Subió tan rápido como le fue posible.

—María, llegas temprano —le recibió Amadeo agitado.

—¿Cuántos billetes a Canarias tienes, Amadeo?

Amadeo estaba encantador con su aparente inocencia.

—¿Qué tal si bajamos a tomar un café? —propuso.

—¿Qué tal si lo tomamos dentro?

—María, preciosa mía, acabo de tener una clase de cocina con una principiante. Lo ha puesto todo perdido. Los billetes están en mi correo. Mañana se hará realidad. Tú y yo. Canarias. El amor.

María estaba tensa. Sonaba bien. Era tan mentiroso.

—Te espero en el Café —se habían tomado muchos cafés los primeros días de encuentros—. En nuestra mesa.

Amadeo desplegó su mejor sonrisa.

—María... Me haces muy feliz.

—Claro.

Amadeo bajó al cabo de unos minutos; lo que había tardado en quitarse la harina de la ropa interior.

Acudió al café donde habían pasado a ser más que profesor y alumna. Momentos irrepetibles.

Entró con un repertorio de halagos preparados. Tenía los billetes pagados. Canarias los aguardaba. El sol, la playa, los mojitos. Las noches sin fin.

Amadeo fue directo a *su* mesa. Había una gran taza de café... junto a una nota.

Se sentó, miró en torno. María no estaba. ¿Se encontraría en el servicio?

Leyó la nota.

Hola, Amadeo. Soy yo.

Es curioso, porque había venido a ver qué hacía. No estaba segura.

Había una última chispa por aclarar, y lo has hecho perfectamente. Supongo que aprovecharás los billetes con la chica primeriza. Lo pasaréis bien.

Que te vaya bien la vida.

Feliz Navidad.

Alejandro, llaves en mano, se regodeaba de su suerte. La casa era vendible, cerraría el año a lo grande. La Navidad lo había premiado por un año de dedicación plena. Su mejor año.

El timbre sonó.

El mejor agente inmobiliario de Madrid abrió la puerta con una sonrisa inmejorable.

—Buenas tardes. Este será el recibidor de su nuevo hogar.

Esos compradores no se le escaparían. Con suerte, sacaría al notario de su cena para que le firmara la venta. Otra vez.

—Es una casa increíble —decía la visita—. Al leer el anuncio hemos dejado de preparar la cena de esta noche en casa.

Alejandro los miró. «En casa», resonó en su cabeza. Anoche, se habían besado. Él y María.

«¡Estás trabajando, Alejandro!».

—Aquí está vuestra cocina, donde podríais preparar los desayunos, comidas y cenas en familia. Reunidos alrededor de esa bonita mesa sacada de un cuento de hadas.

Alejandro se desdoblaba mentalmente. La cena y la venta.

—Lo siento. Seguro que es un misterio, la cena en familia… esta noche quería… ¡La Navidad tendrá que esperar! Esta casa está hecha para vosotros. ¿Saco al notario de su cena?

La visita aplaudía. Alejandro se lucía.

—¿Quieren un chiste? Esta casa me pone de buen humor…

La visita se sentaba en la bonita mesa de la cocina, abría los armarios mientras simulaban cocinar. Les gustaba.

—Un poco de picante y esta cocina será el corazón de vuestro nuevo hogar…

«Picante». El beso de anoche había sido tan mágico.

—Lo siento —se disculpó por la distracción. Había creído pensar en alto—. Mirad qué comedor… ¿Por qué los agentes inmobiliarios les hacemos sentir como en casa? Yo siempre les digo: ¿Por qué no íbamos a hacerlo? Pero en el fondo se reduce a una cuestión de cómo se siente uno en casa. ¿Es una casa o un hogar? —Alejandro habló ralentizado, sin mirar a su visita, que lo escuchaban anodadados. Abstraído, Alejandro no se dio cuenta de que hablaba en un tono personal. Parecía que alguien hubiera bajado las luces—. A veces, solo es cuestión de calidez, de sentir la alegría cuando regresas. Pero en otros momentos, se trata de algo menos complicado. Se trata de un poco de gracia… Un poco de gracia en las vivencias y las casas se transforman en hogares. ¿Deberíamos estar aquí en una noche como esta? Cuestionamos el espíritu hogareño al dar la espalda a la cena, la mesa, la alegría compartida... ¿O deberíamos simplemente llenar el bolsillo con esta fabulosa venta? Bueno, no creo que el espíritu hogareño quiera que lo ignoremos. «Soy cálido, amigos», nos diría. «Abrazadme por una noche».

La visita lo observaba cariacontecida. Asintieron.

Alejandro, con un encanto sin igual, les hizo una oferta:

—¿Qué tal si cerramos la venta cuando pasen Reyes? Será el año que viene. Sin problema. Sin firmar arras. No traicionaré un acuerdo de Navidad. ¿Qué os parece?

La visita salió del desconcierto despacio.

—Todavía queda noche para improvisar algo —dijeron—. Gracias. Feliz Navidad.

Nico estaba solo en casa. La cena de Navidad más triste jamás imaginada. Su padre trabajaba, su madre aprendía a cocinar y su hermana salía con un *crush*. En la nevera había comida, pero no sabía preparar una cena.

Las paredes normales, el salón sin regalos y el profundo silencio lo oprimían.

Las llaves de la buhardilla estaban sobre el escritorio. Mantenían aquel reflejo maravilloso. Salió de casa con ellas en la mano.

Al cerrar la puerta se encontró con Lara. Era su vecina de la puerta contigua, de su edad. Su rostro estaba radiante.

—¡Feliz Navidad, Nico! —saludó.

—Claro. —Nico trató de sonreír.

—Tenemos la casa decorada con luces, árboles y fotos de nuestros mejores momentos; hay cordero en el horno y huele… ¿no lo hueles? ¡Delicioso! Vendrá la familia a cenar. ¡Estoy tan contenta!

Nico asintió con las llaves de la buhardilla en la mano.

—Me alegro, Lara. Lo pasaréis a lo grande.

—Gracias, Nico. Tengo ganas de verlos, reír y dar muchos abrazos. Nos llevamos fenomenal. Me encanta que la abuela nos gruña, siempre se mete con los chavales… Mi tío se pone tan pesado con sus bromas… Mis primos me tiran del pelo hasta sacarme de quicio… ¡Es genial!

—Supongo que tendréis regalos.

Lara miró a Nico con lástima.

—¿Regalos? ¿No has escuchado nada de lo que he dicho? Esos son nuestros regalos.

Nico contempló a Lara como si desprendiera un aura plateado. Algo había nacido en su cabeza. Cocinar juntos, bromear, chincharse… Ser pesados, gruñones, traviesos. Gente de carne y hueso, que respiraba el mismo aire y pisaba el mismo suelo.

Nico asintió con otro talante. Quiso abrazarla —se contuvo por timidez—. La miró con otros ojos.

—Gracias, Lara. Feliz Navidad.

Subió a la buhardilla corriendo. Las llaves le temblaban en las manos. Abrió como pudo y se adentró en la polvorienta buhardilla.

—¡Leopoldo, Leopoldo! ¿Dónde estás? ¡Lo he descubierto! ¡Lo tengo! He conocido el espíritu navideño.

El fantasma flotó por el aire. Resplandecía en la penumbra. Rodeó a Nico con una sonrisa.

—¿Y bien? —se interesó.

—No quiero regalos... Bueno, ¡sí los quiero! Pero no los regalos que había deseado.

—¡Ajá! —soltó Leopoldo.

—Quiero la casa llena de fotos, decorarla juntos, cocinar con ellos, que me chinchen, me bromeen y me harten. Quiero que sean pesados. Quiero resoplar, hartarme.

Leopoldo abrió los brazos de par.

—Tienes razón, querido Nico. Has conocido al escurridizo espíritu navideño.

—Pero hay un problema —dijo Nico triste.

Leopoldo se encogió de hombros.

—Vaya. ¿De qué se trata?

—Mi casa está desierta. Cada uno va por su cuenta.

Leopoldo flotó pensativo.

—Necesitas un cambio de suerte —afirmó el fantasma.

Nico arrugó el ceño.

—¿Cómo se hace eso?

—Regresa a tu casa, Nico. Deja hacer.

Nico regresó a casa. Desierta, silenciosa, apagada.

La cerradura sonó.

Alejandro apareció por la puerta. Echó un vistazo con un mohín.

—Nico, me alegro de verte. ¿Te cuento un chiste? Vamos a preparar algo de cena.

Nico nunca había estado a solas con su padre. Le pareció extraño y divertido.

—¿Nos hacemos un *selfie*? —propuso cuando se habían manchado de harina.

—Estás demasiado limpio para salir en la foto —bromeó Alejandro—. Toma harina. ¡Ja! Parece que te ha nevado.

—Mamá nos va a regañar.

—Eso espero —dijo Alejandro travieso.

La puerta volvió a sonar.

Dana, atraída por el jaleo, se dirigió a la cocina.

—¿Qué está pasando? Os presento a...

—Mario —saludó el joven que la acompañaba.

—Encantado, Mario —dijo Alejandro—. Si queréis estar limpios como un pincel... ¡largaos!

Dana soltó una carcajada.

—¡Dadme harina! —ordenó—. Mario, no te cortes.

—¿Así celebráis la Navidad? —flipó el *crush* de Dana.

La harina volaba por la cocina. Los *selfies* quedaban un tanto peculiares.

La puerta sonó de nuevo.

María había pasado el día dando vueltas por el centro. Al cierre de las tiendas de Preciados, los cafés de Lavapiés y los restaurantes de la Cava Baja había decidido regresar a casa.

Al ver la cocina blanca de harina le dio un soponcio.

—¿Qué estáis haciendo? —La harina esparcida superaba a la que usaban para cocinar.

—Celebramos la Navidad —dijo Alejandro con un encanto universitario.

María se quitó el abrigo con una mirada severa. Pisó con cuidado la harina del suelo.

Cogió un puñado y se lo tiró a su familia.

—Perdona, ¿quién eres? —dijo al ver un joven desconocido.

—Un tal Mario, amigo de nuestra hija —respondió Alejandro.

—Encantado de conocerla —saludó Mario, que recibió una nube de harina.

Se hartaron de ensuciar y reír en una batalla épica. La decoración no era convencional, pero a Nico le valía.

—Cenaremos unos bocadillos —opinó María cubierta de harina.

La noche transcurrió con la suerte cambiada. Nico lanzaba miradas al techo; le hubiera gustado que Leopoldo cenara con ellos… Si los fantasmas cenaban.

No, claro que no cenaban. Pero les gustaba la compañía.

Aprovechó la sobremesa de su familia —contaban anécdotas en el salón— para coger las llaves de la buhardilla. Lo invitaría como Dana había invitado a Mario.

Pero, al abrir la puerta, oyó un llanto en la escalera.

Nico, extrañado de que alguien llorara la noche de Navidad, quiso saber quién era.

Lara, la chica de al lado entusiasmada con la Nochebuena, lloraba en una profunda tristeza.

—Lara, ¿qué sucede?

—Es una noche horrible. Han discutido, se han insultado. Se odian.

Nico se quedó helado. ¿Cómo era posible?

Miró su casa. Miró la casa de Lara.

Clavó la vista en la buhardilla.

«Necesitas un cambio de suerte», le había dicho el fantasma.

Nico sintió un nudo en el estómago.

—Bueno, Lara, aún queda noche. Quizá… quizá cambie la suerte.

No había modo de consolar a Lara. Nico se sentó un rato con ella, la abrazó —nunca había abrazado a una chica de su edad— y le aseguró una noche en paz.

La buhardilla estaba tan oscura, sucia y silenciosa como siempre, aunque se oían las voces de su familia. Reían contentos. Tan contentos como Lara lloraba sin consuelo.

No estaba seguro de cómo plantearlo.

—Leopoldo, ¿qué has hecho?

—Bueno, esa es la cuestión. Verás, Nico, querías una Navidad en familia.

—Pero no a costa de otros.

Leopoldo se encogió de hombros.

—Necesitabais un cambio de suerte muy grande. ¿De dónde iba a sacar tanta suerte? ¿Qué tal te lo has pasado?

—Bien —admitió—. Pero ver a Lara destrozada me ha partido el corazón. La aprecio.

El fantasma sonrió.

—Tienes que entenderlo, Nico, tu madre se sentía sola. Ya sabes, tu padre… bueno, León le mantiene ocupado. Y aparece un profesor de cocina encantador… He necesitado cambiar mucha suerte.

—No puedes hacer que se odie gente que se adoraba.

—La suerte va y viene sin pertenecer a nadie. Tu familia se destruía, Nico. No me quedaría cruzado de brazos. Mientras habite la buhardilla, puedes estar tranquilo.

Nico se sentía mareado.

—Necesito estar solo un momento —pidió.

El fantasma flotó por la buhardilla con aire ensoñador. Se perdió entre los muebles apilados.

Nico miró a través de la ventana. Con el mercadillo apagado, entraba poca luz; le pareció bien para pensar.

Su familia estaba feliz. Habían jugado, bromeado; la diversión había sido el mejor regalo de Navidad.

Lara estaba deshecha. Su familia se había peleado en la noche que se juntaban para pasarlo bien. Ella le había abierto los ojos. Sus navidades eran perfectas. Con regalos de verdad. Se lo debía.

Dejó al espíritu navideño orientarle.

—¿Por qué no disfrutas de tu Navidad en familia? —preguntó Leopoldo al reencontrarse.

—Porque la Navidad no es mía —respondió Nico.

—¿Qué vas a hacer?

—¿Cómo devolveremos a Lara su suerte?

—Es evidente —dijo el fantasma—. Tendría que irme de la buhardilla. Tu familia perdería ese… empujoncito.

Nico cerró los ojos. Había sido maravilloso.

—Leopoldo, aprecio lo que has hecho. No lo olvidaré.

—Gracias.

—Pero debes… debes march… Debes marcharte, te lo ruego.

El fantasma flotó por la buhardilla pensativo.

—¿Qué he hecho mal? —se interesó.

—Lo has hecho muy bien, de verdad. Pero he tenido suficiente.

—Ah.

Nico sentía un nudo en la garganta.

—Gracias por todo —se despidió del fantasma.

El día de Navidad, Nico se despertó despacio. Los recuerdos aparecían en su adormilada cabeza como a cámara lenta. Unos alegres, otros regular.

La noche no había ido mal, concluyó. Sin la suerte, lo habían pasado bien. Más o menos.

Leopoldo se había ido. Lo notó cuando la alegría se templó en el salón de su casa. Deseó que Lara disfrutara de una sobremesa con buenos deseos de los suyos.

Antes de desayunar, Nico cogió las llaves de la buhardilla. Eran de un metal frío, como las demás.

Suspiró.

En pijama, subió a la buhardilla, consciente de que el fantasma había desaparecido de su vida.

La luz de la mañana entraba por la ventana. Era un lugar como otro cualquiera. Pero algo surgió en la pared que le recordó a la maravillosa experiencia del espíritu navideño en familia.

Nico se acercó.

Unas palabras surgían despacio. Parecían hierro fundido con una letra estilizada; muy elegante.

Decían:

Mi adorable, Nico.

Fue realmente maravilloso conocerte. A un fantasma solitario le hiciste un fantasma feliz. Os echaré de menos a ti y a tu entrañable familia. Quizá os visite... Intenta cerrarme la puerta.

Un abrazo caluroso.

Leopoldo.
Tu fantasma.